Olivia Goldsmith

Il faut marier maman

Roman

Traduit de l'américain
par Arlette Stroumza

Titre original :

MARRYING MOM
Cette édition de *Il faut marier maman*
est publiée par les Éditions de la Seine
avec l'aimable autorisation des Éditions Albin Michel
© Olivia Goldsmith, 1996
Publié avec l'accord de Harper Collins Publishers, Inc.
© Éditions Albin Michel S.A., 1998 pour la traduction française

Pour mamie, avec affection.
Paris sera toujours Paris.

« La vieillesse est un enfer. »

Ninon de Lenclos

Chapitre 1

« JRA, j'ai décidé de te quitter.» Ce n'était pas facile, pour Phyllis, d'annoncer cette nouvelle à l'homme qu'elle avait épousé quarante-sept ans auparavant, mais elle s'y était résolue. Elle disait toujours la vérité. Sa vie durant, les gens avaient prétendu qu'elle avait mauvais caractère, l'avaient jugée dure, insensible, alors qu'elle était tout simplement franche et honnête.

«Je ne supporte plus, Ira. Tu sais que je n'ai jamais aimé la Floride. Je suis venue ici pour te faire plaisir.» Elle s'interrompit. Il ne s'agissait pas de lui reprocher quoi que ce soit. C'était un pays libre, et il ne l'avait pas obligée à le suivre. «Tu m'as entretenue toute ma vie, reconnut Phyllis. C'est toi qui as toujours gagné l'argent du ménage, et je te devais bien ça. Mais c'était ta retraite, Ira, pas la mienne. Je n'en étais pas là. Et tu ne m'as pas laissé le choix.» Ira ne broncha pas. Sans que son silence étonnât Phyllis le moins du monde. Ils étaient mariés depuis quarante-sept ans, et il n'avait jamais dit grand-chose. Mais, sans doute par osmose conjugale, elle savait toujours ce qu'il pensait. Or, la vague de désapprobation qu'elle s'attendait à essuyer ne se manifestait pas. Ce qui signifiait soit qu'Ira boudait, soit qu'il pensait à tout autre chose. Elle s'interrompit encore. Même pour une femme comme elle, qu'on avait toujours considérée comme une grande gueule, il y avait des choses difficiles à dire. Mais qui devaient être dites. « Tu ne t'es pas assez intéressé à eux, Ira. Tu avais besoin de moi dans ta société, et j'ai rempli mon rôle. Mais les enfants, eux, ils avaient besoin de nous. Et je pense que nous ne leur avons pas donné leur chance. Ils ne vont pas bien, Ira. Sharon et Barney... Susan, toujours célibataire... et Bruce ! » Phyllis se mordit les lèvres. Mieux valait ne pas aborder certains sujets. « Je ne te fais aucun reproche, Ira, mais je trouve que tu n'as pas été assez présent. Tu leur as payé les meilleures écoles, mais ils n'ont pas appris à vivre. Ils ne savent pas ce qui est important. Et je pense qu'ils ont besoin de leur mère. Je vais m'occuper d'eux, Ira. Je n'ai pas toujours été une bonne mère, mais il est peut-être encore temps de se rattraper. »

Phyllis poussa un profond soupir. Le soleil était impitoyable et elle pensait au cancer de la peau qui avait poussé sur le crâne chauve d'Ira. Elle ferait mieux de porter des chapeaux. Mais elle ne supportait pas les chapeaux, ni les lunettes de soleil, ni les innombrables gadgets que trimbalaient la majorité des habitants de la Floride : écran total, baume pour les lèvres, casquettes et visières. Qui avait du temps à perdre avec ça ? La Floride avait l'allure d'un paradis, mais elle se révélait mortelle. « Et Thanksgiving, Ira ? C'était insupportable ! Manger une dinde au restaurant, avec des enfants qui se sont sentis obligés de venir ! Tu appelles ça une fête ? Ça n'était agréable ni pour eux ni pour moi. C'était sinistre, voilà ce que c'était ! » Phyllis baissa la voix. Elle n'était pas particulièrement coquette, mais elle mentait sur son âge. «Je vais avoir soixante-dix ans le 12, Ira. Ça me terrorise. Et bientôt, ce sera Hanouka, Noël, le nouvel an. Fêter tout ça ici, je n'y survivrai pas ! »

Rien. Aucune réaction. Normal, se dit Phyllis. Elle avait toujours parlé, et lui se contentait de l'écouter. Mais dans le temps, au moins, il écoutait. En Floride, depuis quelques années, il s'était complètement replié sur lui-même. Son monde se limitait à la taille du trou qu'il avait dans le poumon, et à la maladie qui le laminait chaque jour davantage. A Phyllis de s'assurer qu'il avalait ses médicaments, qu'il respectait son régime et qu'il prenait assez d'exercice. La conversation, dans tout ça ? Un luxe inutile. Elle soupira encore. Qu'avait-elle donc espéré ?

Phyllis se détourna pour essuyer une larme. Pleurer n'était pas son genre. Pas de sensiblerie ridicule ! Elle se morigéna et se reprit. «Tu ne seras pas seul, poursuivit-elle. Iris Blumberg habite de l'autre côté du saule pleureur, et Max Feiglebaum à deux pas. Je sais que Sylvia t'agace, mais elle viendra faire ton ménage une fois par semaine.»

Il n'y avait rien à ajouter. Leur mariage avait été réussi. Il y avait des gens qui la trouvaient forte tête, omniprésente, égocentrique. Mais pas Ira. Il avait tort, d'ailleurs, elle l'était. On n'arrive pas à soixante-neuf ans, se dit-elle, sans se connaître un peu soi-même. A moins d'être une idiote, ou un homme. Ira, qui était un homme, ne l'avait jamais comprise et n'avait jamais appris à se connaître. Mais c'était un homme. Qu'y a-t-il à savoir sur les hommes ? S'ils ont un travail ou s'ils n'en ont pas, s'ils vous trompent ou s'ils ne vous trompent pas, s'ils vous plaisent ou s'ils ne vous plaisent pas. Avant de prendre sa retraite, il y aurait bientôt dix ans, Ira était conseiller financier. Un garçon sérieux, qui travaillait, ramenait sa paie à la maison, ne la trompait pas, et ne lui plaisait qu'à moitié. Mais il était gentil avec elle. Il ne l'avait pas comprise, mais il l'avait appréciée. Et il lui avait fait trois beaux bébés.

Phyllis pensa à Susan, Bruce et Sharon. Des enfants parfaits, des enfants de rêve. Qui, en grandissant, s'étaient bizarrement révélés aussi imparfaits que tous les adultes.

Elle secoua la tête pour arrêter de divaguer. Dieu merci, l'âge ne lui avait pas fait perdre la mémoire. C'était plutôt le contraire ! « Voilà, Ira. Je suppose que tu t'y attendais. Tu as toujours su que je détestais cet endroit, où il n'y a que des touristes, des vieux juifs et des paysans à la retraite. Il faut que je te quitte, pour préserver ma santé mentale », ajouta-t-elle bien qu'elle sût qu'Ira ne considérerait pas ça comme une bonne raison. « Depuis quand es-tu saine d'esprit ? » lui demandait-il souvent. Mais il avait beau se moquer gentiment d'elle, ils savaient tous les deux qu'elle était le cerveau du ménage.

« Je n'en ai pas encore parlé aux enfants. Je sais qu'ils seront embêtés. Mais je ne peux pas vivre uniquement pour eux ou pour toi, Ira. » Phyllis se pencha et ramassa un caillou par terre, à côté de la tombe. Puis elle le déposa sur la pierre tombale, à côté de ceux qu'elle ou les enfants y avaient laissés lors de leurs précédentes visites. Qui viendrait maintenant se recueillir sur cette tombe ? Son amie Sylvia Schatz ? Le gardien goy à qui elle donnait toujours cinq dollars ? Ça ne plairait pas à Ira, elle le savait. « Il le faut,

Ira, ajouta-t-elle en ramassant son sac. Si je reste ici, j'en mourrai ! »

Pendant neuf ans et trois mois, quasiment tous les matins que Dieu avait faits, Ira et Phyllis Geronomous étaient allés marcher sur la promenade asphaltée qui longeait la mer et que tout le monde, à Dania, en Floride, appelait « la Croisette ». Et depuis la mort de son mari, deux ans auparavant, Phyllis avait continué, par habitude plus que par plaisir. Aujourd'hui, en ce lendemain de Thanksgiving, son humeur n'était guère assortie au temps magnifique, bien que sa conversation avec Ira l'eût un peu réconfortée. Le bleu caraïbe de la mer lui fit un clin d'œil lorsqu'elle émergea de l'ombre du chemin pour s'engager sur la promenade que bordaient le kiosque à musique, de méchantes boutiques de maillots de bain et de T-shirts, des bars à sandwiches et des restaurants qui sentaient le graillon. De l'autre côté du macadam, en un saisissant contraste, une bande de sable immaculé caressait l'eau azuréenne. A cette heure-ci, il n'y avait pas une âme sur la plage : c'était trop tôt, même pour les bronzeurs les plus acharnés. En revanche, de nombreux piétons arpentaient la Croisette : des dizaines de personnes de plus de soixante-cinq ans, que le sommeil fuyait à partir de cinq heures du matin, profitaient de la relative fraîcheur matinale pour accomplir leur exercice quotidien.

Phyllis se demandait pourquoi elle continuait à marcher. Avant, elle le faisait pour Ira : quand on a le cœur malade, on doit faire circuler son sang, garder la ligne, et empêcher les humeurs d'envahir les poumons. Sans elle, Ira n'aurait pas pris d'exercice : donc, le matin, ils se levaient tous les deux et elle se payait les cinq kilomètres aller et les cinq kilomètres retour, jusqu'au parking, en longeant les palmiers et les motels bon marché. Puis c'était fini pour la journée.

Elle était devant le Pinehearst. Comme d'habitude, Sylvia Schatz était installée sur sa chaise longue, son sempiternel cabas en cuir noir sur les genoux. Elle avait dans les soixante-quinze ans, bien qu'elle refusât de le reconnaître. C'était une petite femme au crâne dégarni, qui teignait les rares frisottis qui lui restaient en roux, de la venimeuse et artificielle couleur des cerises au marasquin dont les mauvais restaurants chinois du coin croyaient agrémenter leurs plats. Elle était de Queens, de Kew Gardens, plus exactement, et elle avait passé ses quinze dernières années de mariage ici. Elle n'était ni très maligne ni très drôle, mais loyale et patiente. Et, dans ces parages, Phyllis n'avait pas trouvé meilleure amie à se mettre sous la dent. Quand on venait ici, les amis étaient morts, ou dispersés dans les divers exils réservés au troisième âge. «Je peux me joindre à toi ? demanda Sylvia, comme d'habitude.

— C'est un pays libre», répliqua Phyllis, respectant son rôle dans le rituel matinal.

Sylvia Schatz s'extirpa de sa chaise longue et enjamba la balustrade de béton qui isolait Pinehearst Gardens du bon peuple de la Croisette. Pendant quelques instants, elles marchèrent en silence ; on n'entendait que le crissement des sandales de Sylvia et le frottement de son sac contre son short. Phyllis avait mille fois supplié Sylvia de laisser son sac à la maison et de s'acheter des Reebok, comme tout le monde. Mais elle s'y refusait. Impossible de savoir si c'était par haine du changement ou par économie. Phyllis haussa les épaules. Qu'est-ce que ça pouvait lui faire, que Sylvia trimbale son sac et traîne les pieds ? La belle affaire, si elles marchaient moins vite ! Personne ne les attendait à l'arrivée.

« Je l'ai dit à Ira, déclara Phyllis.

— Tu crois que ça l'embête ?

— Comment veux-tu que je le sache ? »

Phyllis se rendit compte que sa voix trahissait l'agacement que lui inspirait si souvent Sylvia. « Même quand il vivait, on ne savait jamais ce qu'il ressentait. A l'hôpital, quand ses poumons se sont remplis de liquide, il n'a pas bronché. »

Elles avaient dépassé le kiosque à musique désert. Un panneau annonçait le concert du soir, un orchestre de swing. Une fois par semaine, la Croisette se peuplait de couples que réunissait la nostalgie. Sylvia, que son mari avait abandonnée quelque années plus tôt, au bout de plus de vingt et un ans de mariage, venait régulièrement ; elle s'asseyait et écoutait, son sempiternel sac sur les genoux. Cent fois elle avait proposé à Phyllis de se joindre à elle, mais cette dernière avait toujours décliné. Sans se décourager, Sylvia la réinvitait à chaque occasion.

Pourtant, Phyllis aimait bien la musique, sauf peut-être en ce vendredi soir où, selon l'affiche, les Mistletoes, l'orchestre qui inaugurait la saison, interpréteraient un pot-pourri d'airs de fête. Il ne lui manquait plus que ça, ça et un mélanome ! En général, elle aimait la musique. Mais ces temps-ci, ça la rendait mélancolique. Sylvia trouvait agréable de s'asseoir à l'écart pour écouter, mais pas Phyllis, qui savait qu'elle ne danserait plus jamais. Les gens dansaient, sur la Croisette. Ils dansaient, et, en un rien de temps,

17

ils mouraient. Qui sait, on les enterrait peut-être sous la Croisette, dans le sable. Phyllis réprima un soupir. Danser n'avait jamais été le fort d'Ira. Elle-même y avait renoncé depuis bien longtemps. A son âge, elle aurait dû avoir dépassé ce stade, mais la musique lui agaçait les nerfs, et elle était incapable de rester tranquillement assise sur un banc avec Sylvia.

« Tu viens, ce soir ? lui demanda Sylvia, aussi prévisible que les scandales financiers des partis de droite.

— Je ne peux pas. Je dîne à Buckingham Palace.

— Ne te moque pas de moi ! s'exclama Sylvia d'un ton assez peu convaincu pour que Phyllis comprenne qu'elle aurait pu s'offrir ce luxe.

— Betty est très malheureuse, poursuivit Phyllis. Elle n'a vraiment pas eu de chance avec ses enfants. Mais je l'avais prévenue ! Je lui ai dit qu'avec les enfants, il fallait toujours s'attendre à des déceptions. On doit en parler ce soir. Tu sais, il paraît qu'Edward est comme mon fils Bruce. Une folle, quoi ! J'ai conseillé à Betty de l'aider à se trouver une gentille petite femme, qui le stabilisera.

— Le prince Edward est comme ton fils Bruce ? s'enquit Sylvia à voix basse.

— Réveille-toi et prends tes cachets, dit Phyllis à son amie qui avait le cœur malade, elle aussi.

— C'est une vraie tragédie ! Dans une famille comme celle-là !

— Dans ma famille aussi ! aboya Phyllis. Tu nous prends pour qui ? Pour des merdes ? Il n'y a aucun mal à ça. »

Il y avait plein de mal à ça, dans l'esprit de Phyllis. Et Susan et Sharon ne valaient guère mieux. Mais ça ne regardait personne, et personne n'avait le droit de les critiquer, sauf elle.

Si Phyllis avait pris Sylvia au sérieux, elle se serait fâchée. Heureusement, elle savait que ce serait ridicule d'être blessée par les paroles de Sylvia. C'était une femme gentille, douée d'une forte constitution, mais elle avait un petit pois dans la tête.

«On m'a dit que la reine mère avait subi une colostomie, reprit Sylvia en baissant encore la voix. Comme Sid.»

Pendant ses dix dernières années de vie commune avec Sid, avant qu'il ne la quitte, Sylvia avait supporté non seulement sa propre maladie de cœur mais aussi le cancer du côlon de son mari. «Tu te rends compte? Avec toutes ces garden-parties?»

Phyllis ignora le coq-à-l'âne. Les voies du cerveau de Sylvia étaient impénétrables.

Elles étaient arrivées au bout de la Croisette. Comme tous les jours, Sylvia toucha le poteau planté au beau milieu du macadam pour interdire la circulation automobile.

«Qu'est-ce qui se passerait si pour une fois tu ne posais pas la main sur le poteau? lui demanda Phyllis.

— Tout le monde touche le poteau, rétorqua Sylvia. Forcément.

— Non, pas forcément. Je ne le fais pas, moi.

— Oh, toi, tu n'es pas comme tout le monde!

— Sans blague? Change de disque, tu veux?»

Phyllis soupira. Etre différente ne la dérangeait pas. Le problème, c'était la solitude. Elle était seule depuis si longtemps! Depuis bien avant la mort d'Ira, en fait. On s'y habituait. On n'y pensait plus. Et là, ça devenait dangereux.

C'était comme un gaz inodore : on ne le remarquait pas, on respirait et on mourait. Phyllis n'avait pas eu une seule véritable amie, en Floride. Quelqu'un qui l'aurait comprise, qui aurait ri de ses plaisanteries. Ira avait cessé de réagir bien avant sa mort. D'ailleurs, est-ce qu'on parlait à un mari ? Que reste-t-il à dire à quelqu'un avec qui on a vécu pendant quarante-sept ans ? « Tu aimes encore ma poitrine ? Tu crois que je devrais raccourcir ma jupe ? A ton avis, devrions-nous rappeler nos troupes de Bosnie ? »

Phyllis avait encore des masses de choses à raconter, mais à qui ? Et qui aurait quoi que ce soit d'intéressant à lui répondre ? Voilà pourquoi elle se promenait sur la Croisette avec Sylvia Schatz. Ce n'était pas un génie, elle ne comprenait pas la moitié de ce que disait Phyllis, mais au moins elle ne se vexait pas quand Phyllis la charriait.

Phyllis vexait la plupart des femmes qu'elle connaissait. Il fallait bien qu'elle reconnaisse qu'elle avait une grande gueule. Qu'elle avait toujours été comme ça. Les bonnes femmes se vexaient et, en échange, elles la faisaient périr d'ennui. Recettes de cuisine, petits-enfants, courses, et re-recettes de cuisine. Mortel ! Sylvia, elle, était de tout repos. Plus d'histoires de gosses, pas de recettes de cuisine, ni d'exaspération.

Phyllis s'intéressait à ses enfants, mais n'éprouvait pas le besoin de vanter leurs exploits. Elle s'intéressait à eux parce qu'ils étaient intéressants, pas parce que c'étaient ses enfants. Susan était brillante, Bruce avait un sens de l'humour dévastateur et Sharon… bon, Sharon tenait de son père. Mais elle les aimait. Comme la reine Betty devait aimer sa progéniture. Ça ne voulait pas dire qu'elle approuvait leur comportement, pas plus qu'ils n'approuvaient le sien.

«Donc, tu seras avec les enfants pendant les vacances. Ce sera chouette, pour toi.» Sylvia parut songeuse. «Et pour eux, ajouta-t-elle. Tu les as mis au courant?» demanda-t-elle enfin.

Phyllis ne répondit pas.

«Tu ne leur as rien dit, hein? accusa Sylvia.

— Pas encore, reconnut Phyllis.

— Mais tu dois. Tu dois!» s'exclama Sylvia. Son fils avait refusé son invitation pour Thanksgiving sans lui proposer pour autant de passer les fêtes dans sa famille. «Si tu ne les préviens pas, je le ferai moi-même.

— Ne te mêle pas de ça!

— Quand vas-tu les avertir?

— A Pourim», répondit Phyllis en ouvrant le portail de Pinehearst Gardens pour son amie.

Chapitre 2

« Tu plaisantes ?
— J'aurais préféré.

— Allons, allons, lança Sig Geronomous, ce n'est qu'une menace en l'air ! Une de ses dingueries habituelles, histoire de nous faire grimper aux murs pour rien ! Comme le jour où elle a correspondu avec une fiancée asiatique qu'elle voulait importer pour toi !

— Cette fois, c'est vrai, répondit Bruce, le frère de Sig. Todd, viens ! Dis-lui que c'est vrai. » Bruce et Todd ne vivaient pas ensemble, mais ils se voyaient beaucoup. Chaque fois que Sig lui demandait si c'était sérieux entre eux, Bruce éludait.

« Bruce en a la preuve, cria Todd dans le téléphone.

— Comment le sais-tu ?

— Elle a offert le porte-revues en rotin à Mme Schatz, répondit Bruce.

— Le porte-revues ? Oh, mon Dieu ! » Susan Geronomous, qui se faisait désormais appeler Sigourney par ses amis et collègues, lâcha le téléphone qui tomba si violemment sur le marbre du plan de travail que son frère grimaça de douleur à l'autre bout du fil.

« Qu'est-ce qui se passe ? Tu t'es fait mal ?

— J'aurais préféré ! » Sigourney avait repris le contrôle du téléphone. Il ne lui restait qu'à reprendre son contrôle sur elle-même. C'était impossible... Ça ne pouvait pas être vrai... Tant qu'il y a de la vie, il y a de l'espoir... loin des yeux, loin du cœur... mieux vaut seul que mal accompagné... Elle se reprit. Elle perdait la tête. Ça ne pouvait pas être vrai. Noël et sa mère, d'un seul coup ? Autant sortir les lames de rasoir tout de suite. Et Sig jeta un coup d'œil complaisant sur son élégant poignet. « Elle a dit ça comme ça ? Qu'elle avait donné le porte-revues en rotin ? A brûle-pourpoint ?

— C'est encore pire ! Ce n'est pas maman qui me l'a dit. Ce n'est pas une blague. C'est Mme Schatz qui a téléphoné.

— Quand ?

— Il y a vingt minutes.

— Maman a pu lui demander de le faire.

— J'ai appelé le gérant de l'immeuble. Il confirme. Et elle vide son grenier devant la porte de son garage pendant le week-end.

— Elle n'a pas de grenier ! Ni de garage !

— D'accord. Au bord de la pelouse, devant le portail, où tu veux ! Je t'en prie, Sig, ce n'est pas le moment de jouer sur les mots, d'accord ? Alors, qu'est-ce qu'on fait ? »

Sigourney s'efforça de reprendre son calme.

« Reprenons. Qu'est-ce qu'elle a dit exactement, Mme Schatz ? Mot pour mot ?

— Que maman quittait la Floride pour de bon. Qu'elle

faisait ses bagages, qu'elle venait vivre à New York. Elle prend son billet aujourd'hui. Elle pense arriver mercredi.

— Mercredi ? Mais c'est dans six jours !

— Dans six jours exactement. Tu as toujours été très douée pour les chiffres, Sig. Voilà pourquoi tu ramasses ces gros paquets de dollars ! En fait, ça ne fait que cinq. On n'est pas censé compter...

— Ni vulgarité ni sarcasmes, Bruce, je t'en prie ! Ce n'est vraiment pas le moment. On aura notre compte, et même plus, à partir de mercredi.» Sig pianotait sur le plan de travail. Sa mère revenait à New York ! Pour lui téléphoner tous les jours ! Pour fouiller dans ses placards. Pour commenter. Pour critiquer. Seigneur Dieu ! La peur étreignit la poitrine de Sig comme un Wonderbra. «On ne pourra plus vivre comme avant, Bruce. Qu'est-ce qu'on peut faire pour l'en empêcher ?»

Bruce marmonna sans répondre. Il réfléchissait. C'était un garçon intelligent. Il trouverait peut-être une solution.

«Et si on mettait une bombe dans l'avion ? On tuerait un certain nombre d'innocents, mais si la paix est à ce prix...

— Bruce !

— Mais réfléchis ! Ce serait une bonne action. Les gens adorent les tragédies à l'époque des fêtes. Ça leur fait quelque chose à regarder à la télé. Ça relativise les tragédies intimes qui se déroulent sous leur arbre de Noël.

— Amen, frère !» hurla de loin Todd qui avait été élevé dans la foi baptiste, à Tulsa, dans l'Oklahoma, avant de monter à New York pour se transformer en photographe agnostique.

«Bruce !» Sigourney se força à prendre une profonde inspiration tout en contemplant le plafond bleu immaculé de sa cuisine à soixante-dix mille dollars. Son appartement, superbement décoré, luxueux, confortable, était son paradis sur terre, son ultime refuge, où régnait la perfection. Rien au monde ne la rassurait autant. Elle respira encore. Puis son œil se fixa sur une ligne minuscule. Serait-ce une fissure, là dans le coin ? Déjà ? Pourtant, Duarto lui avait garanti que les quatorze couches de laque étalées à la main dureraient plusieurs vies. Elle prit un stylo et griffonna une note pour penser à lui téléphoner, avant de réaliser ce qu'elle faisait. Avec les épouvantables nouvelles qu'elle venait d'apprendre, elle pensait à son décorateur ? Et son sens des valeurs ? Et son sens des priorités ? Elle essayait de nier la réalité, voilà tout. Mieux valait se concentrer. « Tu as prévenu Sharon ? demanda-t-elle à son frère.

— Tu n'as plus toute ta tête ! Je ne l'appelle même pas pour lui annoncer les bonnes nouvelles. Remarque, je n'aurais pas eu beaucoup d'occasions, dernièrement. »

Bruce jeta un coup d'œil circulaire sur son appartement miteux. Dans ces deux pièces, propres et confortables, s'entassaient toutes ses possessions terrestres et son stock d'invendus : des caisses de cartes de vœux destinées au marché homo, qu'il avait dessinées et commercialisées jusqu'à ce que son associé file avec la caisse, un an plus tôt. La saison ne s'annonçait pas bonne. Elle commençait tout juste, et il y avait déjà beaucoup de retours provenant des boutiques du Village. Tata Noël se vendait moins bien que prévu. Bruce soupira. La voix de Sig résonnait à son oreille. Il adorait sa sœur aînée, mais elle pouvait se montrer si directive, surtout quand elle avait peur. Il interrompit son bavardage.

« Sig, si j'appelais Sharon, ce que je n'ai pas l'intention de faire, elle me répéterait une fois de plus que ce sera encore pire pour elle que pour nous, et que d'ailleurs ça l'a toujours été. » Bruce soupira encore. « Je sais, elle souffre du syndrome du deuxième enfant, mais elle a trente-sept ans, bon sang ! Ça aurait dû lui passer ! »

Sharon, leur triste et attristante sœur, avait quatre ans de moins que Sig et un an de plus que Bruce. Mais elle faisait le double de son âge. Elle se laissait aller. Ce n'était pas qu'une question de poids. Elle se teignait les cheveux en blond platine, ce qui ne se faisait plus depuis des lustres, elle s'habillait en taille seize ans et s'achetait des fringues que même les émules de Kate Moss n'auraient jamais pu enfiler, et surtout ses yeux, sa bouche et ses épaules avaient adopté des courbes parallèles et descendantes évoquant irrésistiblement une bouteille de Perrier.

« Il faut qu'on appelle Sharon, dit Sigourney sans écouter son frère. C'est trop lourd pour nos seules épaules.

— Sharon fait le poids, je te le concède, plaisanta Bruce. Mais je ne vois pas à quoi à elle nous servirait. »

Sigourney savait tout ça par cœur. Cette petite sœur trop grosse, pleurnicharde et malheureuse agaçait Bruce, alors qu'elle lui faisait de la peine, à elle. Peut-être parce qu'elle se sentait coupable vis-à-vis de Sharon. Ou à cause de sa superbe réussite professionnelle. Quelles que soient les raisons, elle n'avait pas le temps d'écouter les récriminations de Bruce. « Je l'appellerai, moi, dit Sigourney. Tu peux passer ici samedi à trois heures ? Je reçois mes clients de la liste A pour un brunch à onze heures, et dimanche j'ai invité mes clients de la liste B à finir les restes. Mais samedi à trois heures, ça me va.

— Ne te donne pas tant de mal, protesta Bruce d'une voix grinçante. Tu nous inscris où ? En liste C ? »

Elle savait qu'il était sans doute vexé qu'elle ne les ait pas invités, Todd et lui. Bruce ignorait à quel point ses affaires s'étaient ralenties, et elle était trop orgueilleuse pour le lui dire. Les petites économies auxquelles elle devait désormais se résoudre, du genre un seul traiteur pour deux réceptions, la désolaient. Mais les années quatre-vingt étaient bien finies. Elle ne pouvait pas courir le risque que Todd et Bruce lui aliènent certains clients en se livrant à leur numéro habituel.

« Je passerai, concéda enfin Bruce. Mais je ne vois pas ce que nous pourrons y faire. » Et il se mit à chantonner : « Et maintenant, que vais-je faire ? De ma mère, qui revient dans ma vie ?

— Si tes cartes de vœux sont de ce niveau, ça ne m'étonne pas que tes affaires ne marchent pas fort. Bon. Je raccroche et j'appelle Sharon.

— Au moins, n'invite pas Barney », supplia Bruce, vaincu. Barney n'était pas seulement le minable mari de Sharon ; c'était un crâneur, une armoire à glace au poitrail de taureau qui perdait ses cheveux et tous ses emplois successifs en s'arrangeant pour que ce soit Sharon qui ait l'impression d'être une ratée, ce que Bruce et Sigourney ne supportaient pas. Le genre de type à expliquer à un chirurgien du cœur croisé dans une soirée la nouvelle technique d'opération à cœur ouvert dont il avait entendu parler dans le *Reader's Digest*. Bref, Barney était un parfait connard.

Sig soupira à son tour. «Je vais essayer, mais Sharon ne conduit plus, depuis quelque temps. Elle a des crises de panique chaque fois qu'elle traverse un pont.

— Ne me fais pas rigoler. Elle se prétend agoraphobe alors qu'elle est simplement trop paresseuse pour venir en ville. Je te parie qu'elle cherche à se faire attribuer une carte d'invalidité pour se garer plus facilement. Imposture absolue.

— Bruce! Ce n'est pas vrai!

— Oh, Sig! Sig! Tu ne trouves pas que la réalité gagne parfois à être enjolivée?

— Mon Dieu! On croirait entendre maman!

— Ce n'est pas vrai!

— Que si!

— C'est parti», chantonna Bruce.

Sig se mordit les lèvres pour ne pas lui répondre qu'il ne l'avait pas volé. «Tu as raison, reconnut-elle. Bon. Samedi à trois heures. J'appelle Sharon.

— Je ne t'envie pas! s'exclama Bruce. A bientôt.»

Sig secoua la tête d'un air navré et raccrocha.

Sig resta quelques instants debout, au milieu de son living. Elle savait qu'elle ne devrait pas, mais quelque chose l'attirait irrésistiblement vers la frivolité de sa chambre à coucher. Elle parcourut des yeux la vaste pièce magnifiquement décorée. Il allait falloir vendre, la question ne se posait plus. Elle n'avait pas payé ses charges depuis une éternité et le syndic de l'immeuble lui décochait des regards noirs quand elle le croisait dans le hall.

Sa liste de clients avait fondu, ainsi que ses commissions, et son portefeuille d'actions avait pris une sérieuse claque. Bienvenue dans les années quatre-vingt-dix. Sig avait réduit ses dépenses au maximum. Elle n'utilisait plus ses cartes de crédit depuis des mois, elle payait sa note de téléphone en temps voulu et n'achetait que le strict nécessaire. Mais cela n'avait pas suffi. Les affaires ne marchaient plus et si elle vendait ses actions maintenant, ce serait à perte, et sans la moindre perspective d'avenir. Il allait falloir liquider l'appartement.

Mais cet appartement représentait plus que des capitaux. C'était son paradis. Peut-être parce que sa mère n'avait jamais su se construire un foyer. Comme le disait souvent Phyllis : « Une valise et une chambre d'hôtel, il ne m'en faut pas plus pour être heureuse. » Sig en frissonnait d'horreur. Cet appartement, c'était son signe extérieur de réussite, l'abri sûr où se réfugier après une dure journée passée à spéculer avec l'argent des autres, pour lécher ses blessures. Il était beau. Il était parfait, et il allait falloir le vendre. L'argent s'évaporerait plus vite qu'un parfum coûteux dans un flacon ouvert, et elle se retrouverait dans la misère. Ou pis : elle atterrirait dans un studio à Fort Lee, New Jersey.

Parfaitement consciente de ce qui l'attendait inexorablement, Sig se regarda dans le miroir. Et ce qu'elle vit ne lui plut pas. Bruce serait-il dans le vrai ? Non seulement elle vieillissait, mais elle s'aigrissait ? Ces plis amers, encadrant sa bouche, étaient-ils récents ? Elle s'observa plus attentivement. Son regard s'égara un instant sur l'un des panneaux de la glace à trois faces. Quelque chose dans la mâchoire, un relâchement des muscles, lui rappelait soudain… lui rappelait quoi ? Elle s'abîmait, se dégradait, se délabrait Comme toute chair. Elle frissonna. Mais ce n'étaient pas seulement les outrages des ans qui lui donnaient le frisson ; pendant un instant, elle avait ressemblé à... à sa mère.

Elle bougea la tête, mais l'angle de vue, ou la lumière, avait changé. Seigneur ! Elle se retrouverait seule. Sans même la consolation de trois enfants pour faire son désespoir ou le leur. Les larmes lui montèrent aux yeux, des larmes d'auto-apitoiement et de chagrin plus profond. Oui, elle vieillissait ; et oui, elle s'aigrissait. Elle songea tristement à Philip Norman. Ce n'était pas un génie, certes, mais il était présentable, il ne réussissait pas trop mal, pour un avocat, et la chaleur de ses sentiments pour elle compensait un peu sa propre froideur à son égard. Il l'aimait, c'était agréable. Il voulait vraiment l'épouser, avoir un enfant. Elle allait devoir se résoudre au compromis : abandonner l'idée de l'âme sœur, choisir en échange un ami, un partenaire, une famille. Mais elle commençait à croire que Philip n'était même pas un ami. C'était un costume vide. Songer à lui, aux costumes vides et autres garçons de peu qui l'avaient précédé fit trembler sa bouche. Elle était affreuse à voir, et l'intérieur ne valait pas mieux.

Pourtant, elle avait sincèrement cherché un homme avec qui vivre, se marier et même fonder une famille, si ce n'était pas trop tard. Sa mère prétendait que si elle ne l'avait jamais déniché, c'était de sa propre faute. Mais en vérité, il ne s'était présenté aucun candidat. Malgré ses cheveux bien coupés, sa réussite manifeste, son maquillage soigné, ses tailleurs de chez Armani, ou peut-être à cause de tout ça, Sig ne se rappelait plus la dernière fois qu'un homme avait eu l'air de s'intéresser à elle. En vérité, Philip mis à part, elle n'avait pas le choix. Certes, elle pouvait avoir une liaison avec les plus intéressants des hommes très mariés avec qui elle travaillait, mais elle n'était pas une fille du genre de Glenn Close dans *Liaison fatale*. Elle ne piquait pas les maris des autres. Et, hormis les maris des autres, qui l'avait regardée, dernièrement ? Le livreur de chez Gristede ? Le liftier ? Après trente-cinq ans, les femmes devenaient invisibles. Le train était parti, et il n'était presque plus temps de monter en marche.

Elle prit son tube de rouge à lèvres pour se redonner un peu de couleurs, mais son bras se figea. Pour quoi faire ? se dit-elle. Pourquoi se peinturlurer ? Elle avait raté le train. Elle avait laissé se faner l'éclat de la jeunesse, la promesse de fécondité qui attirait les hommes, et, inconsciemment peut-être, satisfaisait leur désir de se perpétuer. Les hommes de son âge étaient sans doute attirés par les filles plus jeunes à cause du signal hormonal qu'elles émettaient : elles pouvaient porter leur enfant, constituer, avec leurs seins gonflés et leur gros ventre, la preuve vivante de leur virilité. Sig avait toujours ses règles, mais pour combien de temps encore ? Elle n'était pas une pondeuse. L'éclat de la jeunesse était fané, et elle vieillirait seule.

Elle regarda encore dans le miroir. La vitalité et l'interventionnisme de sa mère ne dissimulaient-ils pas un désespoir bien ancré ? N'était-ce pas une sorte d'élégance pour signifier à Sig qu'il valait mieux sombrer en luttant, empoisonner le monde par sa véhémence plutôt que susciter la pitié par sa solitude ?

Après avoir jeté un dernier coup d'œil sur la chambre,

Sig se leva et erra dans les autres pièces. Elle se retrouva dans la cuisine, comme d'habitude. Son œil se fixa immédiatement sur la minuscule fissure du mur laqué. S'était-elle agrandie ? N'aurait-il pas mieux valu dépenser son argent à ravaler sa propre façade, à peaufiner son propre vernis ? Si elle perdait quelques kilos de plus, si elle passait un peu plus de temps sur son vélo d'appartement, si elle se faisait remonter les paupières, elle attirerait peut-être un individu plus convenable, plus intéressant, plus humain que Philip Norman ? Rien n'était moins sûr. Elle ouvrit la porte de son congélateur et en sortit une boîte d'un demi-litre de glace au chocolat allégée. Armée d'une cuillère, elle s'assit par terre et entreprit de vider le pot. Elle se laissait rarement aller à de tels écarts, mais le fondant et la douceur lui faisaient du bien. Elle comprenait sa sœur, qui avait doublé le cap des cent kilos. En évoquant Sharon, elle se rappela qu'elle ne l'avait pas encore appelée. Tant pis. Elle lui téléphonerait tout à l'heure. Quand elle aurait fini le pot.

Chapitre 3

« PHYLLIS Geronomous. Un billet pour New York, claironna-t-elle. Aller simple. Pour arriver le 4 décembre.

— Vous avez des réservations ?

— Plein. Mais je pars quand même[1]. » La préposée ne leva pas les yeux de son clavier, ne réagit pas à la petite plaisanterie de Phyllis, qui haussa les épaules. Elle connaissait ce style de filles. Les femmes d'un certain âge, elles ne les voyaient pas.

L'agence était minuscule et encombrée de bureaux disposés face à face. Un petit arbre de Noël aux rutilantes ampoules roses trônait au centre de la pièce. C'était son gendre qui lui avait recommandé cette agence, dont il connaissait la jeune propriétaire. « Elle te fera un prix, avait dit Barney, elle me doit un service. » Phyllis se méfiait un peu du genre de service qu'une native de Floride à l'opulente chevelure pouvait devoir à Barney, mais il fallait bien

---

1. Jeu de mots sur le sens de *reservations* qui signifie « réservations » mais aussi « réserves » (*N.d.T.*).

acheter son billet quelque part. La préposée leva les yeux sur elle pour la première fois, comme si elle s'attendait vaguement à quelque chose. «Alors, on va dans la grande ville, hein ?

— On dirait, oui », répondit Phyllis avec un sourire gentil. Etre une vieille dame présentait un seul et unique avantage : avec un sourire, elle se tirerait même d'un meurtre.

La préposée consulta son écran et fit une moue navrée. «Vous auriez dû vous y prendre plus tôt. Vous savez qu'un aller simple coûte aussi cher qu'un billet aller et retour ? » Elle parlait à voix haute et condescendante, comme si Phyllis était arriérée mentale et dure d'oreille à la fois.

«Pendant la période des fêtes, il n'y a pas de réduction », ajouta la préposée.

Comme si je ne le savais pas, songea Phyllis. C'était ça, ce que Barney appelait faire des prix ? Typiquement Barney-la-grande-gueule. Pas question de demander le moindre service à cette bonne femme. «D'ailleurs, poursuivait-elle, pourquoi ne prenez-vous pas le billet de retour en même temps ?

— Parce que je ne reviendrai jamais, explosa Phyllis. Je suis venue dans ce trou pour faire plaisir à Ira. Mais il est mort. Pourquoi est-ce que je resterais ? » Elle s'aperçut immédiatement qu'elle parlait trop. Bon Dieu ! Si ça continuait comme ça, elle finirait par raconter sa vie à des inconnus dans le bus. Son orgueil en prit un sacré coup. Elle respira à fond et décida de se battre avec la seule arme dont elle eût jamais disposé : sa langue. «Qui pourrait bien avoir envie de vivre dans un endroit où tout le monde parle, mais où personne n'écoute, car ils sont trop sourdingues pour ça? Ce n'est pas une région où on naît : on y meurt, c'est tout. Personne n'a de racines, ici, à part les palétuviers. Je hais la Floride!

— Je suis née à Gainesville, protesta la jeune femme. Et j'aime la Floride. Miami, surtout.»

Phyllis croisa les bras.

«Comment peut-on aimer une ville dont l'orchestre de rock s'appelle "Touristes Allemands Morts"?»

La condescendante céda un peu de terrain. «Je reconnais que la violence est mauvaise pour les affaires...

— Ainsi d'ailleurs que pour les touristes allemands, poursuivit Phyllis. Mais les survivants suffisent à vous donner des envies de meurtre. Quant aux retraités!» Phyllis roula les yeux. «Ces gens, avec leur arrogance, je ne les aimais déjà pas quand ils faisaient les importants à New York. Bon Dieu! Pourquoi est-ce que je les aimerais maintenant qu'ils se traînent d'un bout de la plage à l'autre à longueur de journée, avec toujours autant d'arrogance? Ça me dépasse!

— C'est agréable de prendre sa retraite en Floride. Le climat est idéal et...

— Quatre-vingt-dix pour cent d'humidité dans l'air, vous appelez ça un climat idéal? Comparé à quoi? A Djakarta? Il y a une forêt de champignons qui a poussé sur mon manteau d'hiver. Et d'ailleurs, qui est l'idiot qui a prétendu que c'était bon pour les vieux, de vivre ensemble? Je n'ai qu'une envie : les éviter comme la peste. On se croirait dans un ghetto du troisième âge. Ce n'est pas la salle d'attente du bon Dieu! C'est l'antichambre de l'enfer. Un cimetière d'éléphants ! » Phyllis se redressa de toute sa taille. « Et je ne suis pas un éléphant. Je suis new-yorkaise. »

La préposée lui lança un regard glacial. « New York est une ville dangereuse, surtout pour une vieille dame seule. » Elle se comportait comme si Phyllis était impotente et gâteuse.

« Vous me croyez incapable de me débrouiller par mes propres moyens ?

— Mais non, voyons. »

La sorcière leva un sourcil. « Pas le moins du monde », ajouta-t-elle avec la sincérité d'une infirmière affirmant que l'opération ne vous fera pas mal du tout.

De quel droit n'importe quel individu de moins de cinquante ans se permettait-il de parler à une femme plus âgée comme à une débile mentale ? se demanda Phyllis, que cette pensée inclina à se montrer moins conciliante encore que d'habitude. « Contentez-vous de me réserver une place, en première. Mes enfants sont là pour me donner tous les mauvais conseils dont j'ai besoin. »

En attendant que son billet sorte de l'imprimante, Phyllis se consola en se disant qu'un jour cette fille connaîtrait à son tour les affres de la ménopause. Dans quarante-cinq ans, elle s'arracherait les poils du menton — à condition qu'elle y voie encore clair et que ses gestes soient assez coordonnés pour qu'elle puisse tenir la pince à épiler.

« Ah ! roucoula la jeune femme en lui tendant son billet, vos enfants sont là-bas ! C'est tout à fait différent ! Je suis sûre qu'ils seront ravis de vous voir.

— Ma fille aînée est agent de change, elle a très bien

réussi. Elle a un superbe appartement sur Central Park. Et le plus jeune a monté son entreprise. »

Phyllis marqua un temps. Elle n'avait pas le droit de sauter Sharon. « Ma deuxième fille a deux enfants adorables.

— Chez qui allez-vous habiter ?

— Ça va être une vraie bagarre entre eux, je vous en fiche mon billet ! Dès qu'ils seront au courant.

— Vous ne le leur avez pas encore dit ? »

Phyllis fit non de la tête. « La surprise est un élément essentiel de l'art de la guerre. » Derrière elle, Sylvia Schatz toussa discrètement. « Sylvia, poursuivit Phyllis en se retournant, tu n'as pas…

— Alors, vous le prenez, oui ou non ? » interrompit grossièrement la préposée.

Phyllis lui arracha son billet des mains et secoua encore la tête. « Absolument. Et pensez donc à témoigner un peu de respect à vos aînés. Vous aussi, l'ostéoporose vous guette, vous savez. »

Phyllis se leva dignement, fit volte-face et sortit.

Chapitre 4

« QUI ira chercher maman à l'aéroport mercredi ? » demanda Sharon. Les trois frère et sœurs étaient réunis chez Sigourney, mais Sharon monopolisait la parole. Pour une femme aussi imposante, elle avait des pieds et des mains minuscules, totalement disproportionnés. Ses yeux, du même brun foncé que les racines de ses cheveux, et enfoncés dans ses joues rebondies, interrogeaient nerveusement tantôt l'un, tantôt l'autre de ses interlocuteurs, qu'elle tannait avec cette histoire d'aéroport depuis deux heures et demie d'horloge.

Sig soupira. Elle avait mille choses à faire pendant les quatre jours qui lui restaient : préparer la réunion du service marketing, finir une lettre d'information, acheter des cadeaux de Noël sur un budget inexistant, rédiger ses cartes de vœux pour ses clients, et digérer l'arrivée de sa mère. C'était toujours sur son dos que ça retombait, songea-t-elle. Tout planifier, s'occuper des finances de sa mère et prêter régulièrement de l'argent à son frère et à sa sœur. Parfois, il fallait savoir tirer un trait. Elle attendit. Elle savait que, comme la nature, Sharon avait horreur du vide et qu'elle romprait le silence. Après…

« En tout cas, ce ne sera pas moi », reprit en effet Sharon. Sa voix était ferme, mais son menton tremblait. « Je n'irai pas », répéta-t-elle. Son assurance l'avait déjà quittée, on sentait monter le sanglot. Sharon sanglotait comme personne. Une spécialiste. Sig ne dit rien, selon une technique qu'elle avait éprouvée au cours de négociations difficiles. « Il faut traverser le pont de Triborough, n'est-ce pas ? » s'enquit Sharon d'un ton gémissant. Personne ne broncha. Bruce laissa échapper un vague grognement en exhalant la fumée de sa cigarette. « Je ne pourrai jamais », poursuivit Sharon d'une voix de petite fille, et Sig eut pitié d'elle. « Bruce n'a qu'à y aller. »

Bruce grogna de plus belle. Il était verdâtre, mais ça ne l'empêchait pas de fumer, se dit Sig, agacée. Elle avait un frère et une sœur. L'un fumait, l'autre mangeait. Et alors ?

Avant que Bruce ne réagisse de façon plus précise, Sig intervint. « Il a dit qu'il ne pouvait pas. Il a rendez-vous avec un associé potentiel. » Il avait déjà eu beaucoup de rendez-vous de ce genre, sans le moindre résultat, mais… « Je lui enverrai une voiture, voilà tout, poursuivit-elle d'un ton las.

— C'est impossible ! On en entendrait parler pendant dix ans !

— Ecoute, Sharon. Je ne peux pas y aller, Sig ne peut pas y aller, et tu ne peux pas y aller. Alors, qu'est-ce que tu proposes ? » interrogea Bruce avec agacement.

Sharon ignora l'intervention de son frère. « Enfin, Sig, elle ne montera jamais dans une voiture de maître ! Tu sais comment elle est avec l'argent ! Elle s'arrangera pour fourrer tous ses bagages dans le car. Et elle aura une attaque ! Et il faudra qu'on la soigne ! »

Le frère et les deux sœurs respectèrent une minute de silence en imaginant le tableau.

« Tu as raison. On ira tous les trois », dit enfin Sig qui avait mal au cœur. Le brunch ne s'était pas bien passé, et la nouvelle que Philip lui avait annoncée l'avait…

« Une question de réglée. Reste à savoir ce qu'on va faire d'elle quand elle sera là, dit Bruce en écrasant le mégot de sa cigarette dans un cendrier en cristal immaculé avant d'en allumer une autre.

— J'ai une idée », dit Sharon en levant les yeux. Le canapé sur lequel elle était assise ployait sous son poids. Le regard qu'elle adressa à son frère et à sa sœur était craintif, mais son sourire rempli d'espoir. Bruce, vautré dans un fauteuil, essayait de récupérer après une nuit agitée. L'approche des vacances, la baisse des commandes et l'imminence de l'arrivée de sa mère l'avaient incité à se livrer à quelques excès.

Sig, dépassée par les événements, se leva et entreprit de ramasser des miettes sur le tapis et de pousser les bougies de Noël et les serviettes posées sur la table pour souffler sur les microscopiques traces du brunch. Il fallait que tout soit propre pour ses invités de la liste B, le lendemain. Ni elle ni Bruce ne regardèrent Sharon, mais Sig proféra, d'une voix parfaitement indifférente : « Oui ?

— Maman, je peux avoir du jus ? » lança soudain Jessie, qui se caressait compulsivement la joue avec l'écharpe en cachemire blanche de Sig. En dépit des exhortations de Sig,

Sharon avait amené son mari et sa fille, mais, malgré sa promesse, Barney ne s'occupait pas de l'enfant.

« Voilà. J'ai pensé que nous pourrions mettre maman dans une maison de retraite, dit Sharon sans prêter la moindre attention à sa fille.

— Super, dit Bruce entre ses dents.

— Mais, Sharon, on ne l'acceptera nulle part. Elle n'est pas invalide, protesta Sigourney. Elle n'est ni malade ni infirme…

— Sauf mentalement, compléta Bruce. D'ailleurs, on ne la garderait pas. Elle ferait la grève de la faim, elle creuserait un tunnel avec ses dents pour s'évader. »

Il y eut un silence. « On pourrait leur dire qu'elle est psychiquement dérangée, suggéra Sharon.

— A mon avis, ça marcherait, dit Bruce en laissant filtrer son regard sous ses paupières à demi fermées. On l'emmène dans une maison de cinglés, et on leur dit qu'elle est atteinte de démence sénile.

— Sa démence n'a rien à voir avec la sénilité, Bruce, le reprit Sigourney. Elle n'a pas changé ! Mais elle sait quel jour de la semaine on est, et le nom du président des Etats-Unis. Quand ils lui poseront cette question-là, ajouta-t-elle en riant amèrement, ils auront droit à une tirade d'un bon quart d'heure !

— Maman, je peux avoir du jus ?

— Barney, hurla presque Sharon, tu veux bien donner à boire à Jessie ? » Bruce et Sigourney tressaillirent. Barney avait posé son gros corps à la cuisine, où il engloutissait systématiquement les restes du brunch en regardant le match des Rams à la télé. Bruce se prit la tête à deux mains. Sharon ne broncha pas, ne bougea pas de son siège, ne baissa pas le son. «Un peu de patience, Jessie, ou je t'envoie au coin», dit-elle d'une voix enfantine. La fillette baissa la tête et, emportant l'écharpe, fila se cacher derrière les rideaux en soie de Sigourney, à quatre-vingts dollars le mètre. «Et si on disait qu'elle délire? poursuivit lamentablement Sharon. On pourrait dire qu'elle prétend qu'elle est notre mère, mais que ce n'est pas vrai du tout.»

Bruce se redressa enfin, et ouvrit grand les yeux. «Je suis fier de toi, Sharon. Voilà une idée vicieuse comme je les aime. Un remake de *Hantise*, avec maman dans le rôle d'une Ingrid Bergman juive, et nous trois dans celui de Charles Boyer. «Mais enfin, tatie Phyllis, tu sais bien que tu n'as jamais eu d'enfants, voyons! Mets ton chapeau et allons manger un morceau.

— Je suis ravie de constater que vous vous amusez bien, dit Sig, mais maman ne porte pas de chapeau, et tu as mangé le morceau depuis longtemps; je vous rappelle que le cauchemar commence dans trois jours. N'encourage pas Sharon à délirer, Bruce. Quant à toi, Sharri, je t'affirme que l'on n'acceptera maman nulle part, et que, même si on l'acceptait, elle n'aurait pas de quoi payer. Et moi non plus. Vous savez combien ils prennent chez De Witt? Vingt mille dollars par mois.

— On n'est pas obligés de la mettre dans un quartier chic», intervint Barney qui apportait enfin le jus de fruit. Son ventre nu dépassait de son T-shirt à l'effigie des Rams. Malgré sa propre graisse, il reprochait son poids à Sharon. «C'est pas une duchesse, que je sache!

— Tais-toi, Barney, dirent ensemble Sig et Bruce.

— Y a qu'à la coller dans un asile de fous, poursuivit Barney en tendant à Jessie un verre rempli à ras bord. Un endroit pour malades mentaux. C'est là qu'il faut la parquer. Elle est folle à lier.

— Elle n'est pas folle, Barney, riposta Sig d'une voix calibrée pour être comprise par un gamin de quatre ans. Elle n'est pas folle : elle est agressive. A ton égard. Et ce n'est pas du tout la même chose.

— Moi, je dis qu'elle est folle.»

Bruce regarda son beau-frère, puis Sharon. «Il me semble que le moment est venu d'envoyer Barney au coin», dit-il d'une voix de petite fille. Sans dire un mot, Barney tourna le dos et repartit à la cuisine. «Ah, je me sens mieux, soupira Bruce en fermant les yeux. Maintenant, je pourrai mourir en paix.

— Ça suffit, Bruce. Et toi, tu n'aurais pas une idée, par hasard ?»

Sigourney surveillait anxieusement Jessie et son verre. Sa nièce était-elle en train de percer un trou dans le cachemire à force de le sucer ? Mais pourquoi donc se souciait-elle de détails matériels quand sa vie tout entière partait en quenouille ?

«J'ai réfléchi, s'exclama Bruce. Maman est en quelque sorte le négatif de Mamie Nova ! Ça y est, j'ai trouvé ! En fait, c'est l'Anti-Nova, à ne pas confondre avec Super-Nova, même si les astronautes ont pu s'y tromper.» Il s'arrêta. «Que faire ? Que faire ? On pourrait peut-être la vaporiser à la feuille d'or, et la vendre aux Puces, comme lampadaire. Elle fait très années cinquante.

— Quand te décideras-tu enfin à devenir sérieux ?» jeta

Sig. Bruce était loin d'être bête, mais il prenait tout à la légère, jusqu'à sa faillite. Elle imagina un moyen de l'obliger à se concentrer. «Mme Schatz m'a téléphoné pour me dire que maman envisageait de descendre au Chelsea.

— Seigneur Dieu ! se récria Bruce qui faillit en lâcher sa cigarette. C'est à deux pas de chez moi !

— Ce n'est pas l'hôtel où Sid Vicious et tous ces autres chanteurs de rock sont morts d'overdose ? » s'enquit Sharon.

Bruce hocha la tête. Il commençait vraiment à paniquer. «On n'aura pas cette chance. De quoi mourrait-elle ? D'une overdose de Provera ? Ce truc ne te tue que s'il t'en tombe une caisse sur la tête. »

Sigourney ne leur répondit pas. Elle aurait à se débrouiller avec sa mère, les vacances et sa rupture avec Philip, le tout à la fois. «Vous ne voudriez pas me faire le plaisir d'arrêter de plaisanter une seconde, tous les deux ? »

Bruce leva sur sa sœur aînée un regard injecté de sang. «A condition que tu arrêtes de prendre tes grands airs ! dit-il en se prenant la tête à deux mains. Dès que maman sera revenue, elle recommencera à t'appeler Susan. Elle t'appellera Susan devant tes chers amis négociants en actions et bouffeurs de brunch. Elle te suivra dans la salle de bains après les repas, pour être sûre que tu ne te fais pas vomir. Tu prendras trente kilos avant d'avoir compris ce qui t'arrive.

— Berk ! Berk ! s'écria Jessie en crachant son jus de fruit sur les coussins et les rideaux, il y a des trucs dedans !

— Oui, chérie. Ça s'appelle de la pulpe. Ça fait partie de l'orange, expliqua tranquillement Sharon.

— C'est du jus de fruit frais, ajouta Sig entre ses dents, en luttant contre la congestion cérébrale. S'il te plaît, Barney, apporte des serviettes en papier et du soda, appela-t-elle en réussissant à ne pas hurler. Je vais t'essuyer le visage et nettoyer le jus», dit-elle à sa nièce.

Jessie se mit à gémir lamentablement et sa mère, à la surprise de Sig, l'imita aussitôt. Sig et Bruce regardèrent Sharon, puis s'interrogèrent du regard. Sig leva les sourcils — une mimique qui, dans le monde entier, signifie «Qu'est-ce qui se passe?» — et Bruce répondit sur le même mode, en haussant les épaules pour dire : «Je n'y comprends rien.» Même Jessie arrêta de pleurer pour contempler sa mère avec stupéfaction. Sig en oublia les taches et se percha sur l'accoudoir du canapé, à côté de sa sœur. «Sharri, qu'est-ce que tu as?

— Je sais que vous voulez que maman vienne habiter chez nous. J'ai bien compris. Mais c'est impossible! C'est impossible!» Maintenant, Sharon sanglotait. «On ne saurait pas où la mettre, on n'a pas de voiture pour elle. Barney a installé son bureau dans la chambre d'amis, en attendant de retrouver du travail. Et moi, moi, je ne pourrais pas le supporter!»

Sharon sanglotait de plus belle. Elle s'empara d'un pan de l'écharpe en cachemire pour s'essuyer les yeux. «Je sais que vous allez essayer de m'obliger. Mais c'est impossible! Je ne peux pas! Je ne veux pas qu'elle vive avec Jessie et Travis», ajouta-t-elle, haletante. Puis elle fouilla dans son énorme sac pour sortir son inhalateur. Dès que quelque chose l'énervait, elle avait besoin de son médicament contre l'asthme. «La dernière fois qu'elle est venue chez nous, on a dû se payer six séances en double chez notre thérapeute. Tu as une idée du prix que ça coûte ? » Sharon se moucha dans l'écharpe. Sig tressaillit. «Travis faisait des cauchemars toutes les nuits. Il s'imagine que "mamie" est un mot grossier. Et Jessie est devenue muette.

— Voilà au moins une compensation, marmonna Bruce. Ça valait le coup.»

Barney revint dans la pièce. C'était trop tard. Jessie s'était nettoyé la bouche et la langue avec l'autre extrémité de l'écharpe en cachemire blanche. Les sanglots de Sharon étaient de plus en plus bruyants et incontrôlables. Sig se faisait autant de souci pour sa sœur que pour son précieux lainage. Elle tapota gentiment sur l'épaule de Sharon en lui tendant une serviette en papier.

«Mais, Sharri, ce n'est pas du tout ce que nous voulons. Nous savons très bien que ta vie serait fichue.

— Dans la mesure où elle ne l'est pas déjà…», ajouta Bruce.

Sharon se remit à sangloter de plus belle.

Sig foudroya Bruce du regard. «Nous n'essayons pas de te forcer à prendre maman chez toi. D'abord, ce ne serait pas juste. Et maman n'irait pas. Elle n'aime pas Westchester.» Sig n'estima pas utile d'ajouter qu'elle n'aimait pas non plus Barney. «D'ailleurs, ça ne résoudrait pas notre problème. Au moment où elle s'arrêterait de fourrer son nez dans tes affaires et de te gâcher l'existence, elle débarquerait chez nous pour bousiller la nôtre.» Sharon leva la tête. Ses larmes se tarissaient lentement. «Ce qu'il faut qu'on trouve, c'est une solution définitive. Une manière de la neutraliser pour de bon, de couper le cordon une fois pour toutes. Et je crois que j'en ai trouvé une. Il faut s'y mettre immédiatement. Ça passe ou ça casse.

— Mon Dieu ! Tu veux qu'on l'assassine, hoqueta Sharon en plaquant les mains sur les oreilles de Jessie pour la protéger. Et tu veux qu'on s'y mette tous les trois, pour qu'on aille tous en prison !

— Pas question de la tuer, intervint Bruce. Je ne me situe pas au plan de la morale, je vous le jure. Mais cette bonne femme a saccagé mes trente premières années, et je ne veux pas passer les trente prochaines derrière des barreaux à cause d'elle. » Il frissonna d'horreur. « Tu m'imagines, moi, en prison ? Bon Dieu ! Ce serait ma fête tous les soirs ! Et je te parie que Todd ne viendrait même pas me voir. » Il leva sur Sigourney un regard sérieux et plein d'espoir. « Mais toi, avec tous tes clients louches, tu ne connais personne qui lui ferait son affaire sans qu'on ait à s'en mêler ? »

Sigourney leva les yeux au ciel. Bruce ne serait donc jamais sérieux ? Sharon ne pouvait pas réfléchir quinze secondes avant de parler ? « Nous ne pouvons pas la tuer », articula-t-elle entre ses dents parfaitement couronnées. Sharon pouvait vraiment être conne, quand ça la prenait. « D'abord, c'est notre mère, et surtout je n'ai aucune intention de m'installer dans la maison d'arrêt la plus proche en compagnie de Menendez et frères. Ça passe ou ça casse, c'est une expression de financiers, ça veut dire qu'il faut vendre ou acheter, tout de suite ou jamais. Et je vais avoir besoin de votre aide, parce qu'il y a urgence. » Elle lança un regard noir à son frère et à sa sœur, le genre de regard dont elle les foudroyait quand ils étaient petits et qu'elle les obligeait à jouer au Monopoly jusqu'à ce qu'elle tombe sur la

Cinquième Avenue et Central Park, et qu'elle ait des hôtels sur les deux. « Il nous faut un plan, une stratégie. J'ai. Mais on devra s'y mettre tous les trois pour que ça marche. » Sigourney avait enfin obtenu un silence total ; ils étaient suspendus à ses lèvres, et cet état de choses lui convenait.

Son cerveau avait travaillé à la vitesse de l'éclair ; elle avait mobilisé toutes ses ressources, et en particulier cet esprit de synthèse qui faisait merveille quand elle était assise derrière son terminal d'ordinateur : à partir d'une foule de données diverses, il lui incombait de proposer un projet cohérent et réaliste. Elle savait tenir compte de la faiblesse de l'adversaire, et jouer à son niveau. Il s'agissait de les motiver, ce dont elle se croyait capable ; ils arriveraient, peut-être, pour une fois, à travailler ensemble. Suivant l'exemple du « Duc de Fer » à la veille de Waterloo, elle avait distribué les rôles que chacun aurait à jouer, non seulement pour remporter la bataille, mais pour gagner la guerre. Et, comme toujours lorsqu'elle achetait et vendait, un grand calme se fit en elle, et le temps s'arrêta. Elle savait qu'elle était couverte.

« Toi, Sharon, tu as besoin d'argent, mais aussi d'avoir une activité. Dans le temps, tu étais une excellente documentaliste. Tu vas exercer tes talents. »

Sharon ouvrit aussi grand qu'elle le pouvait ses petits yeux bouffis.

« Bruce, poursuivit Sig, il te faut un nouvel associé qui investisse dans ton affaire, et vite. Et tu t'y connais mieux que personne en matière d'élégance. Moi, je dois me dégotter de nouveaux clients. Et il est urgent pour nous trois de trouver une occupation à maman, sinon elle nous rendra fous. » Elle s'interrompit un instant, pour ménager son effet.

«Je crois avoir trouvé un moyen de résoudre tous nos problèmes d'un seul coup.

— Comment ça? fit Bruce, la tête penchée.

— On la marie.

— On la quoi? s'écrièrent de concert Bruce, Sharon et Barney.

— On la marie. De préférence avec un type riche, en mauvaise santé et sans héritier.

— Ahhh! s'exclama Bruce, frappé d'une illumination. Le vieux truc de la chercheuse d'or!

— Je préfère appeler ça "opération Recherche du Barbon", annonça dignement Sigourney. A nous trois, on peut y arriver.» C'était à elle, maintenant, de chauffer la salle pour emporter l'adhésion du public. Elle y mit toute la force de conviction qu'elle déployait pour vendre des actions. «On va sertir maman dans un écrin. On va l'habiller comme une reine; ce sera ton job, Bruce. On va l'installer dans un bon hôtel — non, dans le meilleur hôtel. Je m'en charge. Et on va la présenter à des clients potentiels. Ce sera à toi de les dénicher, Sharon. Si nous nous y prenons bien, la vente se fera en un rien de temps; et on aura liquidé avant que le prix de maman ait baissé.

— Et si ça ne marche pas?

— On se retrouvera avec une marchandise dévaluée sur les bras. Et j'aurai perdu beaucoup d'argent sans être couverte.

— Et papa?»

Tous les visages se tournèrent vers Sharon.

«Papa est mort, Sharon, lui rappela Bruce.

— Je sais bien. Mais, à mon avis, il n'appréciera pas. Et

qu'est-ce qu'elle ferait d'un vieux ? Elle ne s'est jamais occupée de nous. Pourquoi s'encombrerait-elle d'un vieux barbon ? Ils sont toujours malades, et ils sentent mauvais.»

Les yeux de Sharon se remplirent de larmes.

«Ce ne sera pas à elle de s'occuper de lui, mais à lui de la prendre en charge, expliqua Sig. Il nous faut des malades. On veut qu'elle épouse un type bien vieux, et bien riche. Un type qui nous aimera. Qui nous adorera. Qui me présentera des clients puissants et fortunés. Qui trouvera du boulot pour Barney, qui paiera les études de Jessie et de Travis dans des écoles privées. Qui pourrait même remettre à flot la société en semi-faillite de Bruce.

— Il faudrait qu'il soit sourd, muet et aveugle», intervint Bruce.

Sigourney hocha la tête. «Ce serait l'idéal.» Puis elle compta sur ses doigts. «Sourd, muet, aveugle, vieux et riche.

— Allez, Sig, protesta Sharon. Tu n'as que quarante et un ans, tu es mince comme un fil, tu as réussi dans la vie. Tu as un prénom chic, tu es belle, et tu n'as pas le moindre soupirant convenable. Philip Norman est un con. Il ne comprend même pas la chance qu'il a. Les hommes veulent des filles jeunes et belles. Comment veux-tu qu'on trouve un millionnaire pour maman ?»

Sig accusa le coup. Philip Norman était venu à son brunch et après le départ de ses invités, pendant qu'elle rangeait en attendant Bruce et Sharon, il lui avait annoncé qu'il l'aimait beaucoup mais qu'il devait lui avouer qu'il n'envisageait pas son avenir avec elle. Sig s'était demandé s'il fallait rire ou pleurer. Elle qui le considérait comme un compromis à peine acceptable, comme un parasite, qui n'était restée avec lui que parce qu'il béait d'admiration devant le moindre de ses actes ! L'ironie de la situation était passablement amère. Jusqu'où sombrerait-elle ? Se trouverait-elle un autre homme ? Finirait-elle par coucher avec Eldin, le peintre ?

« Juste, fit Bruce. Si je ne m'en suis pas trouvé un, moi, comment y arriverait-elle ? D'ailleurs, en admettant que nous mettions la main sur l'oiseau rare, nous ne pourrions jamais convaincre maman de sortir avec lui. Tu la connais, non ? » Il haussa les épaules. « La connaître, c'est l'éviter. »

Sigourney se ressaisit. C'était le moment ou jamais d'emporter le morceau. Elle prit un ton de bonimenteur enthousiaste. « Voyons, les enfants, je n'ai jamais prétendu que c'était gagné d'avance, mais nous n'avons pas dit notre dernier mot. Sharri, tu n'as pas tout oublié de ton métier de documentaliste. Tu feras les recherches, tu dénicheras les barbons. Et toi, Bruce chéri, tes armoires sont toujours pleines de robes sublimes ! » Il fit une grimace. « D'accord ! On achètera les costumes, mais on se servira de ton maquillage. Moi, je vais écrire le scénario et je dirigerai les répétitions. Et toi, Barney... » Sigourney se tut, momentanément prise de court. « On te trouvera bien un truc dans tes cordes, le moment venu. Allons, les enfants ! Tous en scène ! »

Puis elle abandonna sa feinte énergie pour adopter un ton glacial, aussi terrifiant que possible : « Parce que, si on ne s'y met pas sérieusement, autant regarder les choses en face ; nos vies vont se transformer : elles vont devenir pires encore qu'elles ne le sont actuellement ! »

Chapitre 5

Il avait beau faire quarante degrés à l'ombre, l'aéro-port de Miami était décoré de sapins artificiels et de guirlandes de Noël. Sylvia Schatz, accrochée à son énorme sac, considérait Phyllis d'un air malheureux, en secouant la tête. «En première classe ! Quel gâchis !

— Foutaises ! s'exclama Phyllis. Je n'ai jamais voyagé en première. Et cette crétine de l'agence de voyages, la copine de mon gendre, m'a enfin manifesté un peu de respect.

— Du respect ? Parce que tu gaspilles de l'argent ?

— La réalité gagne parfois à être enjolivée. Si je joue mes cartes correctement, je ne prendrai plus jamais l'avion. Autant s'éclater une bonne fois, non ?

— Dieu garde ! Ne plaisante pas avec ça ! Tu es sûre que tu ne changeras pas d'avis ? Je te rendrais le porte-revues en rotin, tu sais.

— C'est tentant, mais non merci, pas de cigares.

— Quel cigare ? Je ne t'ai pas parlé de cigares !»

Phyllis se pencha pour embrasser Sylvia sur la joue. Elle prenait tout au mot. Quatre-vingt-dix pour cent de ce que disait Phyllis passait au-dessus de sa petite tête permanentée. «Tu vis dans ton monde, Sylvia, dit Phyllis à son amie. C'est sans doute grâce à ça que tu me supportes. Je ne te tape pas sur les nerfs, parce que tu n'en as pas.

— Je me fiche d'avoir des nerfs ou pas. Mais je n'aurai plus d'amie, maintenant.» Une larme coula sur la joue ridée de Sylvia.

Phyllis sortit un porte-clés de sa poche. «Tiens, dit-elle, ce sont les clés de la Buick. Ne circule pas sur la 1-95 et ne te fais pas agresser si tu peux l'éviter.

— Tu me donnes ta voiture?

— A New York, je n'en aurai pas besoin. Personne n'a de voiture, à New York. C'est un endroit civilisé, il y a des taxis.

— Ta voiture?

— Sylvia, arrête de radoter. On dirait un perroquet sénile.»

Phyllis prit la vieille main dodue de son amie et y fourra le trousseau. «C'est mon petit cadeau de Noël.

— Mais tu m'as déjà donné tellement de choses! Le porte-revues, tes plantes...»

Sylvia sortit un mouchoir froissé de sa poche et se moucha bruyamment.

«Tu te sers de mouchoirs en tissu? demanda Phyllis d'un air dégoûté. Qu'est-ce que tu vas en faire, maintenant?

— Je le remets dans mon sac.

— Mais c'est répugnant! Vis avec ton époque, achète-toi des Kleenex.

— Tu ne crois pas que tu devrais téléphoner à tes enfants? Pour les prévenir?

— Pour les avertir, tu veux dire. Non. Pour quoi faire?

Pour qu'ils fassent tout pour me dissuader ? Sylvia, tu aurais pris une initiative, par hasard ? »

Sylvia baissa les yeux d'un air coupable. Phyllis n'eut pas besoin de plus. Elle avait compris.

« Tu m'offres quand même ta voiture ?

— Oui. Et je n'ai pas l'intention de m'imposer chez eux, Sylvia. Je descendrai à l'hôtel. Je vivrai seule. Ça leur fera une agréable surprise. »

Phyllis n'était pas convaincue qu'« agréable » soit le mot que choisiraient ses trois enfants, mais on était dans un pays libre, après tout.

« Tu vas me manquer, Phyllis.

— Je sais.

— Si ça ne se passe pas comme tu veux, tu pourras toujours revenir, et habiter chez moi.

— Je sais. »

La grosse dame fouilla dans son sac. « J'ai un petit quelque chose pour toi. Une bricole.

— Je m'en doute. Une femme qui n'a pas payé une seule addition en sept ans n'a aucune raison de passer chez Gucci. » Phyllis ouvrit le petit paquet.

« Oh ! Des mouchoirs ! Comment ai-je fait pour m'en passer jusqu'ici ?

— Comment vais-je faire pour me passer de toi ? soupira Sylvia, imperméable au sarcasme.

— Joue à la canasta. Les filles te reprendront, maintenant que je ne suis plus là pour les insulter.

— Elles n'auraient jamais dû t'exclure ! s'exclama Sylvia Schatz, indignée comme au premier jour.

— Sylvia, ça fait quatre ans ! N'y pense plus. Joue à la

canasta. Etale tes cartes. Tu tireras peut-être plein de trois rouges. Va chez Loehmann ! Achète-toi des trucs au centre commercial de Saw Grass.» Phyllis n'avait jamais été douée pour manifester ses sentiments. A quoi bon ? Elle se dépêtrait de la plupart des situations par une saillie. Et ravalait le reste.

Mme Schatz s'essuya les yeux. «Tu vas me manquer.

— Tu radotes, Sylvia. Bon. Il faut que j'y aille.»

Les deux femmes s'embrassèrent furtivement et Phyllis s'éloigna vers le contrôle de police et le départ.

Elle passa sous une immense affiche où l'on pouvait lire : «Revenez vite. Miami vous manquera, vous manquerez à Miami.» «Compte là-dessus et bois de l'eau fraîche, dit-elle à haute voix d'un ton caustique. Je m'en suis sortie vivante.»

Assise à sa table de salle à manger, un flacon de chianti à portée de main, Sig remplissait discrètement le formulaire de vente que lui avait remis l'agence immobilière. Elle ne savait pas si elle réussirait à renégocier son emprunt, ou à obtenir un remboursement anticipé sur son hypothèque. Mieux valait, tout en essayant de mener à bien ces deux stratégies, se résoudre à envisager le pire. Elle était de mauvaise humeur. La veille au soir, elle avait failli téléphoner à Philip, avant de retrouver sa sérénité et sa dignité.

«Ce n'est pas facile, dit Sharon, installée à l'autre bout de la table, dont elle avait tapissé la surface laquée de dizaines de dossiers alignés à côté de son portable et de son imprimante. Je me demande pourquoi c'est toujours moi qui ai le boulot le plus dur.» Avant que Sig n'ait eu le temps de lui expliquer le mal qu'elle se donnait pour concevoir et financer l'opération Recherche du Barbon, on sonna à la porte et Bruce ouvrit avec sa clé. Il se laissa choir sur un canapé, devant la fenêtre.

«Je fais les repérages. Ça me prend un temps fou.» Sharon et Bruce regardèrent Sig.

«Et moi, ça va me coûter un fric fou», leur rappela-t-elle. Il échangèrent tous trois des regards peu amènes. L'instant était crucial; tout pouvait basculer : soit ils retombaient dans leurs chamailleries puériles, soit ils se contrôlaient, et ils allaient de l'avant. Bruce se résolut à faire un effort héroïque.

«Alors, tes recherches, où en es-tu?»

Sharon, empêtrée dans sa graisse, se leva péniblement, et sortit de son immense sac en toile une pleine poignée de dossiers, de magazines et d'articles de presse. Sig se dit qu'elle allait craquer.

«Bon. Opération Recherche du Barbon, déclara Sharon en étalant plusieurs chemises de différentes couleurs sur la table basse. Voici tous les célibataires de la région, âgés de soixante-dix ans ou plus et valant plus de cinquante millions.» Elle s'interrompit pour lever sur Sig et Bruce un regard angoissé. «Je ne savais pas s'il fallait fixer la barre à cent millions ou à cinquante. Mais à cent, il y en a très peu. Alors j'ai pris cinquante, arbitrairement. Mais j'ai gardé une copie de la première liste; nous pourrons nous y référer si nécessaire.

— Tu as pris la bonne décision, Sharon», dit Bruce.

Sharon désigna ses piles du geste. «Je les ai sélectionnés par région, par religion et par état civil. J'ai séparé les veufs et les divorcés, à tout hasard. Pour les divorcés, j'ai listé les pensions alimentaires. Vous trouverez pour chacun un descriptif de l'éventuel contrat de mariage, et la liste de leurs dons à des œuvres de charité. Je me suis dit qu'il valait mieux les choisir généreux.»

Sig vida le contenu de la cafetière dans de délicates tasses en porcelaine de Chine. Elle se faisait livrer boissons et nourritures, mais ce n'était pas une raison pour manger dans du carton. Sharon prit une liste et la tendit à Bruce et à Sig. «Voici ma première sélection : Bernard Simples, John Glendon Stanford et Robert Himmelfarb, tous de New York. Himmelfarb habite Sands Point, mais toute sa vie sociale se déroule à Manhattan.»

Sig jeta un coup d'œil sur la liste de Sharon. «Bonne pioche ! dit-elle.

— Finalement, c'est utile, une sœur qui en est restée au stade anal», ironisa Bruce.

Le visage de Sharon se froissa comme une boîte de bière vide entre les mains d'un sportif. «Ça m'a donné beaucoup de travail. Je ne vois pas pourquoi tu te moques de moi.

— Il ne se moque pas, Sharri. C'est sa façon de montrer qu'il apprécie.

— C'est vrai ? demanda Sharon à son frère. Tu trouves que c'est bien ?

— C'est superbe, Sharri ! Fantastique !

— Sans rire ?»

Bruce leva la main, paume tournée vers sa sœur. «Taistoi, Sharon. Tu es insatiable. Les compliments, ça suffit comme ça. Au boulot !»

Sig téléphona pour commander du café. Elle ne le préparait jamais elle-même, mais préférait se le faire monter par le grec du coin. Puis frère et sœurs parcoururent avidement les fiches qu'avait établies Sharon, en s'exclamant de temps en temps sur le nombre de maisons, d'ex-femmes et de comptes en banque dans des paradis fiscaux.

«Tu as fait un boulot formidable, Sharri. Exceptionnel, vraiment.» Sharon rougit de bonheur.

Bruce lui lança un regard approbateur. «Tu sais, Sharon, c'est exactement le genre d'étude dont j'aurais besoin pour relancer mon entreprise.

— Sharon, pourquoi ne travailles-tu pas? Oublie la carrière ratée de Barney. Je suis sûre que tu saurais quoi faire d'un peu d'argent en plus.

— C'est impossible. Les bibliothèques n'embauchent pas.» Sharon haussa les épaules. «Celui qui a besoin d'être revalorisé, c'est Barney.

— Mademoiselle Non, comme d'habitude, dit Bruce, agacé.

— Je ne parle pas des bibliothèques, Sharri. Tu viens de faire une remarquable étude de marché. Vraiment.

— Qui voudrait de moi? protesta Sharon en secouant la tête.

— Vous savez ce que j'ai trouvé?» demanda soudain Bruce.

Ses sœurs firent non de la tête. «J'ai trouvé Monsieur Parfait.

— Je ne me rappelle pas ce nom, dit Sharon.

— Ne prends pas tout au pied de la lettre, Sharon. Voilà un type qui vit à New York, qui est veuf, bourré de fric, et qui file une tonne de pognon aux bonnes œuvres.

— Lequel c'est ? s'enquit Sig.

— Bernard E. Simples.

— L'architecte ?

— Oui.»

Bruce leva les yeux au ciel et prit ce que Sharon appelait son air d'acteur de cinéma. «Hey ! Ce serait comme Patricia Neal et Gary Cooper dans *Le Rebelle* ! Sauf la scène d'amour, ajouta Bruce en frémissant. Regardez-moi ça !» Il brandit un feuillet. «Enfin, personne n'est parfait. Son deuxième prénom est Egbert. Sa mère devait le haïr.

— Phyllis Simples. Ça sonne mal ! dit Sig.

— Tu changeras d'avis quand tu auras étudié son bilan.» Bruce tendit un autre feuillet à ses sœurs, qui se montrèrent dûment impressionnées.

«Un nom, ça ne veut rien dire, lui accorda Sharon.

— Mais si, mais si, protesta Bruce. Regarde Rockefeller, Rothschild, voilà des noms qui ont un sens ! Et Gates, donc !

— Ne me parlez pas de noms, s'écria Sig. Susan ! Vous avez déjà entendu un nom plus banal ? Plus démodé ? Plus bête ? Plus sinistre ?

— Et Bruce, alors ? Ce n'est pas un nom prédestiné, peut-être ? C'est elle qui m'a rendu pédé !

— Qu'est-ce que vous avez à vous lamenter, tous les deux ? intervint Sharon. Moi, je porte le nom d'une femme qui a coupé le zizi de l'Agneau pascal pour gagner sa vie !»

Battus, Sig et Bruce se regardèrent en hochant la tête. «Un point pour Sharon, dit Sig.

— Bon. Revenons à nos moutons. Nous avons choisi

notre objectif. Maintenant, comment faire pour qu'ils se rencontrent, avec maman ?

— Essayons de découvrir à quelles manifestations il a l'intention de se rendre. La vie privée de ces gens est très publique, en fait. Ils vont à des vernissages, à des premières, à des dîners de gala. De bienfaisance, surtout. Je suis au courant de tous les événements que ma boîte sponsorise, je pense que je pourrai obtenir des places. Nous avons déterminé notre cible, nous la localisons. Nous prenons une place pour maman, nous nous arrangeons pour qu'ils se parlent, et pour qu'elle lui plaise.

— On s'y prend comment, pour la dernière partie du programme ? demanda Bruce. Amener un cheval au bord de l'eau est une chose, le faire boire…

— Il faudra évidemment que l'un de nous accompagne maman, favorise l'approche et provoque la suite.

— Pas moi, déclara Bruce. La traîner dans les magasins suffira à mon bonheur !

— Moi, j'aimerais bien aller à des soirées, dit timidement Sharon.

— Non. Pas toi. Sig, tu n'auras qu'à y aller avec Philip Norman. »

Sig faillit rougir. Elle n'osait pas leur avouer que Philip l'avait laissée tomber. « Ça ne me semble pas une bonne idée, dit-elle aussi naturellement que possible. Tout ça va nous revenir très cher, vous vous en rendez compte ? Tenues de soirée, billets, limousine ! A mon avis, Bruce, nous devrions y aller tous les deux, pour être bien sûrs que maman fasse mouche. Toi, Sharon, tu seras notre arme secrète. Tu as été parfaite jusqu'ici. Maintenant, il faut passer à la phase suivante.

— Quelle phase suivante ? Je ne peux rien faire de plus.

— Que si ! Il me faut la liste des prochains galas de bienfaisance de New York, pour choisir ceux que ma boîte sponsorise, et regarder si l'un de ces trois clowns a prévu d'y assister. Ensuite, tu dénicheras tout ce que tu pourras sur le premier à entrer en piste. »

Elle tendit ses dossiers à Sharon. « Et je vous rappelle, monsieur Phelps, que si vous ou l'un de vos agents venait à être tué ou capturé au cours de cette mission, le Département d'Etat... »

Bruce l'interrompit.

« Tu as raison. C'est vraiment mission impossible ! »

Sig posa les dossiers. « Je ne suis sûre que d'une chose : pour que le poisson morde, il faut un appât. Sharon a rempli sa mission, je remplirai la mienne. Quand maman sera là, nous aviserons. »

Chapitre 6

LE frère et les deux sœurs arpentaient nerveusement la salle d'attente de l'aéroport La Guardia. Un groupe sortait de la passerelle d'arrivée avec l'enthousiasme d'un troupeau de moutons qu'on mène à l'abattoir. Phyllis trottinait derrière. « C'est stupéfiant, murmura Bruce. On dirait Keyser Söze dans *Usual Suspects*. Elle se glisse au milieu des gens et personne ne s'aperçoit qu'elle est mortelle.

— Tais-toi, l'avertit Sig. La voilà. Elle va t'entendre.

— Essayez d'avoir l'air contents de la voir », dit Sharon, mais Sig et Bruce ne l'écoutaient pas. « Bonjour maman! » s'exclama Sharon d'une voix faussement enjouée.

Phyllis s'approcha d'eux. « Comment avez-vous su que je venais?

— Mme Schatz nous a téléphoné.

— Evidemment! Elle est incapable de garder quoi que ce soit pour elle, grommela Phyllis. Et alors? Pas de fleurs? » demanda-t-elle. Puis elle regarda Sharon. « Tu as pris dix bons kilos, Sharri. » Elle inspecta Sharon des pieds à la tête; cette dernière se recroquevilla sous son regard.

« Quand j'étais sexuellement insatisfaite, je grossissais toujours. Barney est devenu complètement impuissant ? » Puis elle embrassa sa grosse fille, qui eut un mouvement de recul.

« Le coup d'envoi est donné, claironna Bruce.

— Et ton affaire de cartes de vœux pour invertis ? Ça y est ? Tu es *mahula* ? » Elle posa un baiser sur la joue de son fils, puis agita sa main devant son nez. « Mon Dieu ! Tu es plus parfumé que moi !

— Moi, au moins, c'est du bon parfum. »

Phyllis se tourna enfin vers Sig. « Il y a plein de gens qui trouvent que le rouge et le noir vont bien ensemble, Susan. Je me demande vraiment pourquoi.

— Ce doit être une question d'habitude. » Sig sourit.

« Ou une idée toute faite, riposta Phyllis en haussant les épaules. Mais après tout, si tu as envie de ressembler à une majorette... Boum... Boum... Boum... » Elle fit un clin d'œil à Sig, puis jeta un coup d'œil sur le hall animé de l'aéroport. Ici, au moins, les babioles de Noël faisaient vrai : sapins, guirlandes, rubans rouges et neige blanche... enfin, neige grise dans les rues. « Allons récupérer les bagages avant qu'un crétin quelconque ne me pique mes valises. »

Muets, sous le choc, ils la suivirent tous les trois. Elle souriait largement. « C'est magnifique d'être de retour à New York. En Floride, quand tu parles à quelqu'un, c'est comme si tu mâchais de l'avocat : c'est tout mou. Ici, les gens ressemblent à des bagels : il faut mordre, et faire travailler ses mâchoires. J'ai rencontré quelqu'un de charmant dans l'avion.

— Tu imagines ! Se retrouver coincé à côté de maman dans un avion !

— Tais-toi, souffla Sharon. Cette simple idée me rend claustrophobe. Où est mon inhalateur ?

— Il m'a demandé mon numéro de téléphone, ajouta Phyllis, plutôt contente d'elle.

— Qu'est-ce qu'il vend ? demanda Bruce en tirant sur sa Marlboro malgré les panneaux d'interdiction de fumer.

— Quelle importance ? Elle n'a pas un sou, lui rappela Sig.

— Cause toujours, riposta Phyllis, il était très gentil. »

Bruce laissa échapper un profond soupir. « C'est parti ! entonna-t-il. Sharri est grosse, maman n'est pas drôle. Sig n'a pas de mari et je suis un mauvais fils. »

Phyllis se tourna vers lui et jeta un regard de reproche sur sa cigarette tout en agitant sa main tachetée devant son visage. « Tu nous tueras tous les deux, avec tes cigarettes.

— Mais trop lentement », marmonna Bruce.

Phyllis feignit de ne rien entendre et accéléra l'allure vers le tapis roulant, apparemment disposée à déchiqueter tout obstacle d'un bon coup de dents. Ils suivirent.

« Incroyable ! J'ai beau la voir souvent, dans l'intervalle j'oublie à chaque fois comment elle est.

— C'est ce qu'on dit des ovnis, répondit Sig. Pourtant, il y a encore des incrédules.

— C'est pas étonnant que je sois grosse, grommela Sharon.

— C'est pas étonnant que je n'aie pas de mari, ajouta Sig.

— C'est pas étonnant que je sois pédé.

— Bruce ? Tu es pédé ? » s'offusqua Sig. Bruce lui lança un regard meurtrier.

«Oublions l'opération Recherche du Barbon. Tuons-la, suggéra Sharon. Je n'ai pas pris dix kilos. A peine sept.

— Dix, corrigea sa mère d'une voix forte, loin devant eux.

— Seigneur ! Elle a toutes ses facultés ! dit Bruce.

— Pas pour longtemps, fit Sig, menaçante. Allez, emmenons-la chez toi et exposons-lui la situation.

— Chez moi ? Pourquoi chez moi ? On est plus près de chez toi, dit Bruce à Sig d'un ton accusateur.

— Oui, mais chez toi, il n'y a pas de chambre pour elle. Et il y a Todd. Il se chargera de la faire fuir.»

Malgré la foule, Phyllis repéra immédiatement ses valises et plongea. Elle était encore vive pour une vieille dame. En quelques minutes, ils se retrouvèrent dehors, dans le froid, en attendant Todd et sa camionnette. Phyllis grelottait, malgré son manteau d'hiver. Sig, nerveuse et agacée, tapait du pied. Ils allaient devoir endoctriner leur mère le plus vite possible, emporter son adhésion et l'installer dans la suite que Sig avait réservée à l'hôtel Pierre. La transaction promettait d'être ardue.

«On ne peut rien faire d'autre ? demanda Bruce.

— Non.

— Pourquoi ?

— Parce que», répondit Sig.

Phyllis éclata de rire. «On dirait moi, dit-elle à sa fille.

— Ce n'est pas vrai !

— Si, c'est vrai», confirmèrent Bruce et Sharon. Dieu merci, Todd apparut. Ils mirent presque un quart d'heure à charger le barda de Phyllis dans la camionnette délabrée dont se servait Bruce pour ses livraisons.

«Je vous sers quelque chose? demanda joyeusement Todd quand tout le monde fut enfin installé.

— Du Valium et une batte de base-ball», marmonna Sig entre ses dents.

Chapitre 7

« *J*L n'en est absolument pas question », décréta Phyllis. Ils étaient tous chez Bruce, entassés dans une des pièces du minuscule appartement, parmi les caisses de cartes de vœux qui menaçaient de s'effondrer, par osmose avec l'entreprise de Bruce. Phyllis ne s'intéressait ni au désordre ni aux arguments de ses enfants.

« Tu ne comprends pas, maman. Ce n'est pas que nous ne voulions pas de toi ici, ou chez l'un d'entre nous, mentit Sig avec aplomb, mais tu n'as pas la moindre idée de ce qu'est devenue New York. On n'y est pas en sécurité comme de ton temps. Et la vie n'est plus aussi bon marché.

— Depuis quand les hôtels sont-ils bon marché ? demanda Phyllis.

— Ils sont peut-être chers, mais on y est en sécurité, répliqua Bruce qui n'avait qu'une hâte : qu'elle quitte son appartement.

— Ne vous en faites pas pour moi. Je me débrouillerai très bien toute seule. Comme d'habitude. Je ne tiens pas à être un fardeau pour vous. » Elle marqua un temps. Reconnaître ses erreurs, surtout devant ses enfants, était au-des-

67

sus de ses forces. «Ecoutez-moi bien : je ne suis pas de passage, et je ne suis pas venue par égoïsme, mais pour votre bien. Votre père et moi, nous avons beaucoup travaillé, et je ne me suis pas occupée de vous comme je l'aurais dû. Si je l'avais fait...» Elle haussa les épaules. «Vous n'en seriez pas là.

— Mais, maman, tu...»

Phyllis leva la main devant elle. «Ces bonnes femmes de l'association de parents d'élèves, je n'ai jamais pu les encadrer. Je n'étais pas la reine de la tarte aux pommes, ni une mère au foyer. Je ne vous ai pas aidés à faire vos devoirs. Il est temps que je me rattrape. Je resterai tant que ça durera.

— Que quoi durera?» Sa mère n'était là que depuis deux heures, mais Sig avait l'impression que cela faisait un mois.

Sharon soupira, et Sig crut entendre Bruce grogner. «Tu veux dire que tu penses sérieusement à t'installer ici pour de bon? demanda-t-elle.

— Tant que vous ne mènerez pas des vies normales, oui. Je suis votre mère. C'est mon devoir de vous aider. Mais je n'habiterai certainement pas dans un hôtel hors de prix.» Elle tapota son sac. «Ne vous faites aucun souci pour moi. J'ai un peu d'argent de côté, plus mon allocation, plus une partie de la retraite d'Ira. je m'en tirerai très bien.»

Sig se frappa le front. En dépit de ses exhortations, sa mère n'avait jamais placé son argent. «Ton allocation est de six cent soixante-trois dollars par mois, avança-t-elle. Et la pension de papa doit faire dans les trois ou quatre cents, c'est ça?

— Trois cent quatre-vingts, net d'impôts.»

Bruce se cachait les yeux derrière ses mains. Sharon regardait ailleurs. C'était à Sig, une fois de plus, de mener le combat. «Parfait. Tu disposes donc de moins de mille dollars par mois pour vivre à Manhattan, la ville la plus chère du monde.

— Non, Sig. Je crois que c'est Hong Kong et Tokyo, maintenant.

— D'accord, Sharon. Mais maman n'envisage de vivre ni à Hong Kong ni à Tokyo, que je sache.

— Hélas! marmonna Bruce.

— Je t'ai entendu, Bruce, jeta Phyllis. Mille dollars, ce n'est pas rien, Susan. Et j'ai un peu d'argent de côté, je te le répète.»

Sig secoua amèrement la tête. Si sa mère l'avait laissée placer son argent, son revenu aurait doublé. «Tu n'y es pas pas, maman. Pas du tout. Sais-tu combien coûte un studio dans cette ville? Un tout petit studio?

— Ne me prends pas pour une demeurée, Susan. Je suis prête à payer quatre cent cinquante ou cinq cents dollars s'il le faut.»

Bruce éclata de rire. «C'est le prix d'une place de parking, maman.

— Ne sois pas ridicule, trancha sa mère en posant sa tasse.» Todd les avait servis et s'était discrètement éclipsé dans la petite chambre à coucher. «Je suis peut-être vieille, mais je ne suis pas bête. Quatre cents dollars pour une place de parking? Je ne suis pas née d'hier, quand même!

— Non, tu viens du pays du troisième âge. Un pays où il y a des tarifs préférentiels pendant les heures creuses, et des places de cinéma à tarif réduit. Mais tu veux vivre ici, dans un endroit très bizarre, parmi les humains de la planète Terre.

— Je dirais même plus, ajouta Sig en tendant un journal plié à sa mère. Parmi les New-Yorkais de Manhattan. A Manhattan, il n'y a ni tarifs préférentiels pour les couche-tôt ni réductions pour les personnes âgées. Sauf au cinéma, dans la journée. Tu ne paieras que quatre dollars cinquante.

— Quatre dollars cinquante? se récria Phyllis. En Floride, ça coûte trois dollars. Combien paient les gens normaux?

— Huit dollars cinquante.

— Dans cinq minutes, tu me diras que le ticket de métro est à un dollar pièce», dit Phyllis en riant.

Bruce leva les yeux au ciel. «Un et demi, maman. Ou beaucoup plus, si tu te fais dévaliser.

— Et pas de résidences pour personnes âgées non plus. Lis ça, dit Sig en lui tendant une page de journal. J'ai entouré les annonces les moins chères.»

Le silence régna tandis que Phyllis parcourait les petites annonces immobilières. Puis elle releva la tête. «J'habiterai Queens, dit-elle. Je ne tiens pas à Manhattan. Queens est un quartier très agréable, et en métro c'est à deux pas.»

Sig avait prévu l'objection. Elle tendit à sa mère une autre feuille de journal. «Queens», dit-elle, impassible.

Phyllis se répéta intérieurement qu'il ne lui avait jamais été facile d'aimer sa fille. Elle lut la page, attentivement, et jeta le journal par terre. «Bon. Je travaillerai. A mi-temps».

Sans un mot, Sig tendit à sa mère une nouvelle page de journal. Les offres d'emploi. Sur celle-ci, elle n'avait rien entouré. «Des filles qui sortent de nos meilleures universi-

tés gagnent un salaire de misère en bossant comme ser-
veuses dans des fast-foods, maman. Des jeunes titulaires de
MBA vendent des Reebok. A quel genre de travail penses-
tu exactement » ?

Troublée, mais trop fière pour le reconnaître, Phyllis se
leva, lissa sa jupe et s'efforça de paraître indifférente. « Je
me débrouillerai. Aidez-moi à m'installer au Chelsea, et
j'aviserai. Ma carrière se développera.

— On développe des photos, maman. Une carrière se
construit.

— Tu ne peux en aucun cas descendre au Chelsea,
maman, intervint Bruce. Un, c'est trop cher pour toi ; deux :
ce n'est pas un endroit sûr pour une dame bien.

— Je ne suis pas une dame bien, aboya Phyllis. Une
vieille bonne femme, une vieille peau, tout ce que tu veux
sauf une dame bien. Je te prie de t'en souvenir.

— J'ai fait un lapsus », s'excusa Bruce en cherchant ses
cigarettes.

Sharon prit un sablé en soupirant à fendre l'âme. « Vous
ne les trouvez pas bons, les éclairs ? » demanda-t-elle. Les
autres n'avaient pas touché au plateau de biscuits et de
gâteaux que Todd avait servis avec le café. Personne ne
releva. On l'ignorait toujours, songea Sharon, amèrement.

« Ils ne sont sûrement pas bons pour ton tour de
hanches », dit Phyllis, qui but une gorgée de café et se ren-
cogna dans son fauteuil. Elle secoua la tête. « Vous savez, je
crois à l'écologie. J'ai une théorie : les couples devraient se
contenter de reproduire l'espèce. S'ils font trois enfants, ils
finissent par en tuer un. » Elle marqua un temps. « Bon. De

quoi on parle, en vérité ? Je sens un lézard. Lequel de vous trois va me tendre le piège ? »

Sharon hoqueta — d'étonnement, ou à cause de son asthme, ou pour les deux raisons à la fois. « Mais, maman, il ne s'agit pas de...

— J'ai compris. Vous voulez me réexpédier en Floride, c'est ça ?

— Non, maman, dit Sig de sa voix la plus conciliante. En fait, nous souhaitons que tu t'installes au Pierre. »

Le hall du Pierre était élégant et accueillant en toutes saisons, mais à Noël un discret décor de fête ajoutait encore au charme du bois ciré et des dorures étincelantes. Pas de neige artificielle, ni de guirlandes multicolores, remarqua Phyllis. Pourtant, ce ne fut qu'en entrant dans la suite 1604 qu'elle laissa échapper un sifflement d'admiration si aigu que ses enfants eurent l'impression qu'on leur perçait les tympans. « C'est ici que vous voulez que j'habite ? demanda-t-elle, interloquée. Même Marie-Antoinette ne se sentirait pas chez elle dans un endroit pareil. C'est trop grand. Trop chichiteux !

— La réalité gagne parfois à être enjolivée, rétorqua Sig, perfide.

— J'aurais dû mettre ma couronne », ironisa Phyllis en contemplant la cheminée du salon, les rideaux damassés qui encadraient la vue sur Central Park, le piano à queue en bois d'ébène et le tapis somptueux. Un immense bouquet de lis était disposé dans une espèce de vase — chinois sans doute, se dit Phyllis —, posé sur une petite table. Elle n'avait pas vu autant de lis aux trois derniers enterrements auxquels elle avait assisté. Une porte ouvrait sur une luxueuse chambre à coucher et l'autre sur une pièce plus petite, aux murs tapissés d'étagères de livres.

«Vous croyez que j'ai besoin de tout ça pour sortir avec quelqu'un? demanda-t-elle. Ça doit coûter une fortune.

— Je bénéficie du tarif professionnel, mentit Sig. Appelons ça un prix d'appel, comme dans les supermarchés, quand ils vendent un produit à perte pour t'inciter à acheter autre chose.

— Qu'est-ce que tu racontes? Tu te prends pour une descendante du *Mayflower*, maintenant?»

Ça n'aurait pas pu se passer plus mal, songeait Sig. Si nous étions une unité d'élite de l'armée israélienne, tous les otages seraient déjà morts. Phyllis avait accueilli le projet de remariage avec ce que l'on pourrait appeler, par euphémisme, un manque abolu d'enthousiasme.

«Compte là-dessus et bois de l'eau fraîche, avait déclaré sa mère, avec le ravissement d'une vache qu'on mène à l'abattoir. J'ai autant besoin d'un homme qu'un lapin d'une paire de bretelles.

— Je n'ai jamais compris le sens de cette expression, avait ironisé Bruce.

— Tu n'es pas une femme», avait murmuré Sig avec amertume, en pensant à Philip Norman.

Phyllis n'avait pas encore accepté l'idée de se mettre sur le marché, mais elle essayait d'écouter ses enfants. Elle ne les avait pas assez écoutés, dans le temps. Ça faisait partie du problème.

«Je croyais que tu étais acquise à notre proposition, s'écria Sig, exaspérée. Que tu allais au moins essayer!»

Phyllis soupira. «Ma petite fille, une femme a besoin d'un homme pour deux choses : le sexe et l'argent. Le sexe, j'en ai eu, et l'argent, j'en ai encore. Donc, je n'ai pas besoin d'un homme.»

Sig passa outre. «Revenons à notre projet de mariage. Tu comprends pourquoi nous pensons que ce serait bien pour toi? Même si tu as encore de l'argent, ça supprimerait le problème financier. Pour toi et pour nous.

— Est-ce que je vous ai jamais demandé un centime? Un malheureux centime? explosa Phyllis.

— Il ne s'agit pas de ça. Ce qui compte, c'est la sécurité, la compagnie. Quelqu'un qui te consacre son temps. Nous trois, nous sommes très pris. Ce serait agréable pour toi d'avoir...

— Trêve de foutaises! Vous voulez que je me marie pour l'argent, et pour que je vous lâche les baskets. Je ne suis pas ce genre de fille!

— Maman, ça fait soixante ans que tu n'es plus une fille!

— Vous me comprenez très bien! Je n'ai jamais mêlé l'argent à ça. Vous le savez parfaitement. Je serais devenue vedette de cinéma, si j'avais accepté de faire des galipettes pour réussir dans la vie.

— Des galipettes? s'esclaffa Bruce, sur cinq notes de musique. Des galipettes», chantonna-t-il une seconde fois, avant de s'enfoncer dans son fauteuil en riant.

Phyllis ignora l'interruption. «D'ailleurs, dit-elle dignement, je n'ai jamais été attirée par les hommes riches. Ils sont tellement arrogants. Tellement autoritaires.

— A la différence de toutes les personnes réunies dans cette pièce, marmonna Bruce.

— Nous ne voulons pas que tu épouses un homme qui ne te plairait pas, maman, dit Sharon, conciliante. Il pourrait te plaire, et être riche.

— Le mariage, je connais déjà, merci bien.

— Parfaitement. Tu étais mariée avec papa, et contente de l'être. Pourquoi ne pas tenter le coup encore une fois ?

— Quand j'ai épousé ton père, on se mariait pour la vie. Il n'y avait que les vedettes de cinéma qui divorçaient. Et encore, ça faisait un scandale. Je n'ai rien contre le divorce, remarquez, ajouta Phyllis en regardant ostensiblement Sharon. Dans certains cas, c'est nécessaire et je m'en voudrais d'avoir l'air de désapprouver.» Sharon prit le parti d'ignorer la réflexion et se fourra dans la bouche la moitié d'une délicieuse framboise nappée de chocolat. «Aujourd'hui, c'est différent, poursuivit Phyllis. Aujourd'hui, les femmes devraient soit rester célibataires, soit se marier quatre fois.

— Quatre fois ?» s'étonna Sig, qui n'avait jamais épousé personne. Sa mère était aussi imprévisible qu'une tornade dans l'Oklahoma, et presque aussi déconcertante. «Quatre mariages et un enterrement, dit-elle d'un ton sarcastique.

— Exactement. Quatre fois, répéta sa mère avec l'exaspérante assurance qu'elle manifestait sur n'importe quel sujet. Le premier mariage, il faut bien l'admettre, est toujours une erreur.» Phyllis fit un beau sourire à Sharon et haussa les épaules. «Tu as épousé un Barney, moi j'ai épousé un Ira.

— Qu'est-ce que tu reproches à papa, maman ? demanda Sharon, la bouche pleine de l'autre moitié de framboise.

— C'était un homme. A part ça, rien. Pour un premier mariage, c'était normal. Un premier mariage est destiné à te faire comprendre à quel point les hommes sont décevants.

— Merci encore, maman. Rien d'étonnant à ce que je confonde les genres, dit Bruce.

— Ne prends pas tout pour toi, répondit Phyllis.

— Mais dans ce cas, pourquoi les femmes se remarie-raient-elles ? ne put s'empêcher de demander Sig.

— La deuxième fois, c'est par amour. En tout cas, c'est ce qu'elles s'imaginent. Il faut s'enlever ça de la tête, sinon on court à la catastrophe. Quand on a trois sous de jugeote, on laisse ça de côté !» Puis elle se tourna vers Bruce. «Sauf toi, évidemment. Tu cours encore derrière des chimères.» De la tête, elle désigna Todd, qui prenait des photos sur le balcon.

La critique glissa sur Bruce. Il était immunisé. «Et le troi-sième mariage ?» demanda-t-il. Parfois, sa mère le fascinait, comme la course poursuite de O.J. Simpson sur le Bronco. On avait beau savoir que ça finirait en tragédie, on regar-dait jusqu'au bout.

Phyllis s'adossa plus confortablement dans son fauteuil. «La troisième fois qu'on se marie, annonça-t-elle, ça devrait être pour la SAV. La sécurité à vie. Il faut épouser quel-qu'un qui vous prendra en charge sur vos vieux jours.»

Sig était tétanisée, comme un serpent devant un charmeur de serpents. «Et la quatrième, alors ?

— Pour ne pas rester seule, sourit Phyllis. Une Sylvia Schatz, ça ne va pas loin.

— Donc, nous avons raison. Il te faut un autre mari. Il t'en manque trois.

— Pour moi, c'est trop tard. Je parlais de vous. Je ne veux pas de mari. Ce que je veux, c'est d'autres petits-enfants.

— Tu en as déjà deux, rappela Sharon. Ça ne te suffit pas ?

— C'est vrai, Sharon. Tu as enfanté », dit Phyllis ; puis elle baissa la voix. « Les petits malins, eux, ils ne font pas d'enfants », ajouta-t-elle avec amertume.

Bruce et Sig échangèrent un regard. « Ça ne va pas recommencer, murmura Sig.

— Je croyais que tu ne comptais plus sur moi, maman, dit Bruce. En tout cas depuis que je t'ai avoué mes penchants.

— Depuis que tu me les as avoués ! Quand je pense à toute l'histoire que tu en as fait ! Comme si je n'étais pas au courant ! Qui me fauchait mon mascara ? Et quel autre garçon de quatorze ans connaissait le nom de tous les couturiers français ?

— Tu savais ? » Bruce était sous le choc. Sa mère hocha la tête.

« C'est pour ça que ton commerce ne marche pas. Les homosexuels n'ont aucun besoin de cartes de vœux rigolotes pour avouer qui ils sont à la face du monde. Ni de Tatas Noël. Quant aux lesbiennes, elle n'ont besoin de rien de rigolo du tout. »

Bruce s'enfonça dans son siège. « Il faut que je digère ça ! Je suis tellement sidéré que je n'arrive plus à réfléchir normalement.

— Tu n'as jamais été normal, Bruce.

— Mais tu me harcelais pour que je me marie ! »

Phyllis baissa le ton. «Oui. Je veux que tu te stabilises. Que tu trouves quelqu'un, que tu t'engages.» Elle désigna de la tête Todd, qui prenait des photos de Central Park. «Il a l'air gentil. Je ne t'ai jamais dit qu'il fallait que ce soit une femme.» Phyllis se leva. «Regarde tes sœurs. Tu parles d'une publicité pour mon sexe...» Elle leva une main conciliante vers ses filles. «Vous n'avez rien à vous reprocher. Vous avez fait de votre mieux, pour des brunes.»

Puis elle se pencha vers Bruce et posa sa main sur son genou. «Je les confonds tous, dit-elle à mi-voix. Il s'appelle comment, déjà?

— Todd.

— Todd? Tu es sûr qu'il est juif?

— Oui, maman. Il est juif. Mais il est aussi trop jeune, et un peu con. C'est un visuel. Il ressemble à David Hemmings dans *Blow up*. La version d'origine, à ne pas confondre avec le remake. Travolta est adorable, mais on ne peut pas comparer De Palma et Antonioni.

— La jeunesse et la connerie, je n'ai rien contre; ça fait des bonnes épouses. Meilleures que je ne l'ai été. C'est sérieux, avec lui?

— Maman, tu ne veux pas me lâcher? Je l'aime bien. Il est gentil. Mais il a besoin d'espace vital.»

Phyllis secoua la tête. «Je devrais louer un loft à New York, pour loger tous les hommes qui ont besoin d'espace vital. Toi et ta sœur Susan, vous en avez connu une bonne douzaine. Mais toi, au moins, tu sais t'amuser. N'empêche, c'est le moment de te stabiliser. Trouve-toi un gentil décorateur qui sache cuisiner. Arrête de manger des plats tout préparés. Adoptez un mignon bébé chinois. Tu vois ce que je veux dire?

— Puisque tu es tellement en faveur du mariage, pourquoi tu ne commences pas par toi? demanda Sig, hors d'elle. Coopère, au moins!

— Ma chérie, j'ai été mariée. J'ai rendu ton père fou pendant quarante-sept ans. Puis il est mort. Ça suffit. A votre tour de martyriser quelqu'un.»

C'était l'impasse. Comme d'habitude, Sig réfléchissait à toute vitesse pour trouver un argument, quel qu'il soit, qui ferait mouche.

«Je veux que vous le sachiez, mes enfants. Je suis revenue pour vous. J'ai l'intention de compenser toutes les fois où je ne suis pas restée à la maison quand vous étiez malades. Toutes les réunions de parents d'élèves où je ne suis pas allée. Les rassemblements scouts que j'ai ratés. Je veux vous dédommager de...

— Maman, intervint Bruce, je comprends que tu aies des remords. Tous les parents en ont. Mais tu pourrais compenser tout ça en retournant en Floride.»

Phyllis se força à rester calme. Bruce était un garçon traumatisé. Ira ne s'était jamais intéressé à lui. Elle non plus, sans doute. Ou alors, trop. Quoi qu'il soit devenu, c'était de leur faute, à Ira et à elle. Phyllis interrogea Sig du regard.

«C'est très important pour moi, maman, dit-elle.

— Pour moi aussi», ajouta Bruce. Sharon ne dit rien, mais elle ne quittait pas sa mère des yeux, comme si sa vie dépendait de sa réponse.

Tout d'un coup, Phyllis fut frappée d'une illumination. Elle ne s'était pas trompée. Les enfants avaient besoin d'une mère, mais pas seulement ; ils voulaient aussi un père. Et ils appelaient au secours ; et aujourd'hui, elle n'avait pas le droit de ne pas entendre, pas le droit de les trahir une fois de plus, comme elle l'avait fait avant, comme son père et sa mère l'avaient fait avec elle.

Et Ira, comment prendrait-il ça ? Phyllis n'avait jamais connu d'autre homme que lui. Aurait-il de la peine ? Elle, avec un autre homme ? Comment envisager une chose pareille ? Elle se mordit les lèvres.

Peut-être, rien n'était sûr, leur servirait-elle d'exemple — et alors Sig trouverait un compagnon convenable, Bruce se stabiliserait, Sharon quitterait ce crétin de Barney. Ce n'était pas garanti, mais ça valait la peine d'essayer. « Je vais y réfléchir, déclara Phyllis.

— Tu nous aideras, c'est vrai ? Tu accepteras de rencontrer les hommes que nous avons sélectionnés ? Tu seras gentille avec eux ?

— Gentille ? demanda Phyllis. Ça vient de sortir, ça. On n'a pas parlé d'être gentille.

— Tu as raison. Ce serait trop demander. Mais tu ne joueras pas les reines mères outragées ? Tu les encourageras de ton mieux ? »

Phyllis soupira. « Une place de parking coûte vraiment quatre cents dollars par mois ? » Elle rumina quelques instants, puis ajouta : « Si je n'avais pas donné la Buick à Sylvia Schatz, j'aurais pu vivre dans ma voiture. » Elle jeta un coup d'œil par la fenêtre. « Je devrais peut-être l'appeler.

— Tu acceptes ? insista Sig lorsque le silence devint trop lourd.

— Je t'en prie, maman, supplia Sharon.

— Avec de la crème Chantilly», ajouta Bruce.

Seigneur Dieu! Depuis combien de temps ses enfants n'avaient-ils pas uni leurs efforts pour quelque chose? C'était important, c'était vital pour eux trois. S'ils voulaient un homme pour être heureux, un succédané de père, ce n'était ni à elle ni à Ira de s'y opposer. Phyllis hocha la tête.

«Tu le feras? demanda Sig.

— Le pape a bien écrit des best-sellers», répliqua Phyllis.

Chapitre 8

Bruce contemplait sa mère d'un œil critique, comme d'habitude. Mais cette fois-ci, il y avait une raison. Sig lui avait remis de l'argent liquide, un budget, et ses cartes de crédit des grands magasins. C'était le grand jour : l'opération transformation était lancée.

Bruce et sa mère s'étaient donné rendez-vous dans le hall du Pierre à deux heures. Ils descendirent la Cinquième Avenue, en passant devant Tiffany, le Plaza et le Sherry Netherland. Toutes les vitrines, toutes les portes d'entrée rutilaient pour Noël, à la new-yorkaise : rubans de soie et vrais sapins subtilement saupoudrés de neige artificielle. Il n'y avait que les gens qui étaient moches, se dit Bruce. Anoraks, pantalons de ski et tout cet horrible attirail d'hiver le faisaient frémir d'horreur. Sa mère n'était pas pire qu'eux. Ces hétérosexuels ! Ils n'avaient pas le moindre sens de l'élégance. «Bon. On va commencer par les cheveux, dit-il.

— Quoi, mes cheveux ? Qu'est-ce que tu leur reproches, à mes cheveux ?

— A peu près tout, répondit-il calmement. La couleur. La coupe. La permanente. Quelle manie ont les femmes de

se vouloir blondes et frisottées ? Il va nous falloir un vrai
génie !» Il souleva une mèche. «C'est une calamité ! La
retraite de Russie ! Une des plaies d'Egypte. L'ampleur de
la tâche aurait découragé Moïse. Allons aux urgences.

. — Celles du mont Sinaï ?» demanda ironiquement Phyllis, pour répondre à l'allusion à Moïse. Bruce ne releva pas.
«Chez Flex. L'Einstein de la teinture.

— Flex ? Sa mère l'a appelé comme ça ?

— Son vrai nom est Angelo. Flex, c'est son nom d'artiste.

— Un coiffeur avec un *nom de cheveaux*[1] ? Pas question.

— Tu iras. S'il veut bien te prendre.

— Bruce, si un génie accepte de me recevoir, on ne va
pas parler coiffure ensemble. Je me teins les cheveux moi-
même depuis vingt ans. Je n'ai plus rien à apprendre.

— Tu sais tout sur tout, j'avais oublié ! Tu t'y connais
mieux en couleur de cheveux que Flex, le styliste de Dra-
matics for Hair.

— En fait…»

Bruce ne restait jamais longtemps en colère. Il prit sa
mère par le bras, affectueusement. «Allez, maman, coopère.
Tu es aussi rigide que Charlton Heston dans *Ben Hur* ! Je
sais que c'est contraire à ta religion, mais, pour une fois,
désobéis à un commandement.

— Excuse-moi, mais il n'y en aurait pas un qui dit : Tes
père et mère honoreras ?

— Ma mère, oui, mais pas sa coiffure ! Viens, poupée, je
t'emmène à Columbus Avenue.

---

1. En français dans le texte (*N.d.T.*).

Une foule de boutiques nouvelles avait fleuri sur Columbus Avenue, le genre de boutiques où Phyllis n'entrait jamais. Soit c'étaient de vrais capharnaüms, regorgeant de marchandises délirantes, soit on n'y exposait que trois malheureux T-shirts noirs à quatre cents dollars pièce. Les trottoirs grouillaient de gens jeunes, apparemment très à l'aise dans ce chaos et dans ce froid. Phyllis hésitait à se l'avouer, mais la température et les gens étaient beaucoup plus froids que dans son souvenir. Depuis quand n'était-elle plus venue à New York en hiver ? Quelle bousculade, quel climat ! Ça l'épuisait. Elle accueillit avec bonheur le moment où Bruce la prit par le bras pour la faire entrer dans un paradis de tiédeur.

Un drôle de paradis, en fait. Phyllis n'avait jamais vu un salon de coiffure pareil. Il n'y avait pas de rangées de femmes bien alignées sous leur séchoir. La musique hurlait si fort qu'elle n'entendait rien d'autre. Le plus bizarre, c'était qu'elle n'entendait pas la musique non plus. Le bruit était trop assourdissant, à moins que ce ne soit la façon de chanter des artistes. Si on pouvait appeler ça chanter. Des gamines rachitiques en uniforme noir et blanc couraient d'un bout à l'autre de l'étroite boutique, le va-et-vient des clientes était permament. Elles entraient en hurlant, on les asseyait, on leur lavait les cheveux, et on les leur séchait au séchoir à main. Les guirlandes de Noël qui décoraient chaque poste de travail oscillaient sous le vent de séchoirs qui tenaient du pistolet automatique. Les lumières, des petites ampoules d'arbres de Noël, clignotaient infatigablement. Un néon rose et bleu jetait un éclairage cru sur la réception. Ce n'était pas elle qui avait un problème, se dit Phyllis. Un épileptique piquerait tout de suite sa crise, dans un endroit pareil.

Le pire, ce n'étaient pas les cris ou la lumière, mais l'incroyable vacarme qui sortait de la radio, ou de la chaîne, ou d'elle ne savait quoi. Ça lui bourdonnait dans la tête et dans le cerveau. Ça lui brouillait les idées. Elle n'aimait pas ça. Après tout, Phyllis se vantait d'être en pleine forme. Elle n'était pas une vieille du genre Sylvia Schatz, qui ne comprenait plus rien à rien. Pourtant, on l'avait ceinturée dans un peignoir, on l'avait shampouinée, colorée, rincée, et le sens de cette musique lui échappait toujours. Elle essaya de se concentrer sur les paroles.

«Le chanteur a bien dit : "Ma belle salope, je t'aime tant"?» demanda-t-elle à Bruce.

Ce dernier était plongé dans une conversation avec Flex. Il releva la tête, écouta un instant, sans effort apparent, et dit : «Oui, c'est Bowie. *Rebel.*

— Vous aimez Bowie? demanda Flex à Phyllis.

— Je ne la connais pas.»

Les deux garçons éclatèrent de rire. «C'est un chanteur de rock célébrissime, maman. Depuis toujours. Tu sais bien, *Ground Control to Major Tom*»! Phyllis n'en savait rien du tout, mais elle acquiesça en se demandant si elle ne subissait pas sa première attaque d'Alzheimer. Elle était fatiguée. Il fallait bien reconnaître que, malgré son tempérament et sa bonne volonté, elle n'avait plus autant de ressort qu'avant.

J'ai presque soixante-dix ans, après tout, se dit-elle. Ces

gamins — il n'y avait pas un seul plus de trente ans dans tout le salon — écoutaient leur Frank Sinatra à eux, ils dépensaient leur énergie comme elle avait dépensé la sienne dans le temps. Il n'y avait pas de regrets à avoir. C'était normal.

La musique avait changé. C'était du rap. Il lui semblait reconnaitre *Jingle Bells*, mais sur un rythme si différent qu'elle n'en était pas sûre. Elle soupira. «Encore une petite minute de patience, dit gentiment Flex. La couleur vous plaît?» Phyllis haussa les épaules. Malgré l'immense miroir sur le mur devant elle, elle n'y voyait rien. Flex lui avait enlevé ses lunettes pour lui laver les cheveux, et Bruce les avait confisquées en décrétant qu'il ne les lui rendrait pas avant la fin de la séance.

«Très joli», dit-elle en clignant des yeux, vaincue. Flex lui tapota l'épaule affecteusement. Il était vraiment très gentil. Il ne s'appelait pas Flex, mais Angelo. Tout le monde, dans cet endroit, avait des noms bizarres : Glace, Orage, Electrique, Radiateur. Pourquoi les enfants changeaient-ils de prénom? se demandait Phyllis. Pourquoi Susan tenait-elle à ce qu'on l'appelle Sigourney? Ça lui faisait de la peine. Un prénom si horrible, alors que «Susan» était si joli. Il fallait être malade pour vouloir s'appeler Sig, ou Flex, ou Radiateur! Le nom, c'était à la mère de le donner. Mettre un enfant au monde n'était pas facile; une mère avait bien droit à ça en échange. Phyllis soupira encore, écrasée sous le poids de ses soixante-neuf ans.

Comme pour répondre à son soupir, Flex lui pressa l'épaule. «Et voilà, c'est fini. Qu'est-ce que vous en dites?» Elle leva les yeux vers le miroir, mais ne vit rien.

«Incroyable! s'exclama Bruce. Flex, tu es un génie!»
Puis il rendit ses lunettes à Phyllis. Une femme la regardait
dans le miroir. Sur le moment, de fatigue ou d'étonnement,
elle ne se reconnut pas.

«Seigneur! fit-elle enfin. Pas mal pour une femme dans
la soixantaine.

— Et super pour quelqu'un qui va sur ses soixante-dix!

— Soixante-dix, vraiment? demanda Flex.

— Soixante-neuf», répliqua vertement Phyllis. Le chiffre
soixante-dix lui faisait peur. Elle évita leur regard, pour étudier son reflet.

Sa chevelure était complètement différente. Une épaisse
et lisse couronne argentée avait remplacé sa choucroute
filasse et frisée. Elle secoua la tête. Ses cheveux se placèrent
naturellement, laissant des petites mèches légèrement ondu-
lées lui caresser les joues. Elle regardait, la mâchoire quasiment décrochée par la stupéfaction. Une frange effilée
cachait les rides de son front et, à cause de la couleur ou de
la coupe, sa peau semblait plus claire.

Le yeux écarquillés derrière ses lunettes, le souffle coupé,
elle ne pouvait que constater : elle avait toujours un cou de
poulet, elle faisait toujours vieille, mais moins, et elle était
plus... plus dame bien.

«Ça ne vous plaît pas?» demanda Flex d'une voix
inquiète.

Ce garçon aimait le travail bien fait, se dit Phyllis, comme
elle dans le temps. Mais elle était incapable de parler. Elle
se regarda encore, et pencha la tête sur le côté. Ses cheveux
suivirent le mouvement, comme une cascade. Elle essayait
de définir la transformation qu'avait opérée le coiffeur. Ça

ne la rajeunissait pas, non, ce n'était pas ça. Mais elle avait l'air plus…. Oui, plus riche. Une vieille dame riche, elle était comme sont les femmes riches quand elles vieillissent. Pas belle, non, elle n'avait jamais été belle, mais différente.

« Alors, maman ?

— Pas mal », dit Phyllis.

« Bergdorf ? Tu es devenu fou, Bruce ? La fortune qu'on a dépensée pour mes cheveux, ça ne te suffit pas ? » Bergdorf était le plus élégant des grands magasins de New York, et, à vingt jours de Noël, une clientèle raffinée se pressait devant l'entrée. Aucun rapport avec le centre commercial de Saw Grass.

« Tu n'as rien à te mettre, maman.

— Comment, je n'ai rien à mettre ? Mes valises sont pleines !

— J'ai regardé, maman. C'est terrifiant. Je ne savais pas que ça se fabriquait encore. Tu n'as pas une seule tenue convenable. On n'est pas sur Collins Avenue, ici !

— Qu'est-ce qui me manquerait, à ton avis ?

— Tout. D'abord, tu n'as aucune tenue décontractée.

— Tenue décontractée ? Tu me prends pour André Agassi ? »

Bruce s'arrêta devant la fontaine du Plaza et fit taire sa mère d'un regard glacial. « On ne t'a jamais dit qu'on ne mettait pas ses vieilles robes de cocktail pour faire son marché ?

— Et pourquoi pas ? Je croyais qu'on recyclait tout, de nos jours. Que c'était moderne ! D'ailleurs, s'il me faut vraiment quelque chose, pourquoi est-ce qu'on ne va pas chez Loehmann ?

— Chez Loehmann, maman, de nos jours, il n'y a que des horreurs dont Bergdorf n'aurait pas voulu la saison dernière. » Il s'interrompit pour jeter un coup d'œil sur la façade du Plaza. « C'est exactement ici que Barbra Streisand rencontre Robert Redford dans *Nos plus belles années,* dit-elle en soupirant. Poignant, vraiment poignant !

— Poignant ? Tu appelles ça poignant ? Une idiote qui ne s'aperçoit même pas qu'elle a affaire à un gland ! »

Bruce poussa Phyllis vers les portes à tambour devant lesquelles un orchestre de l'Armée du Salut jouait des chants de Noël. La saison des fêtes avait bel et bien commencé. Bruce leur donna cinq dollars de l'argent de Sig. En guidant Phyllis vers l'escalator, il l'examina d'un œil critique. « Tu sais, maman, si l'on fait abstraction de ton épouvantable maquillage et de tes abominables vêtements, tu n'es pas mal du tout.

— Merci, mon chéri, dit Phyllis d'un ton froid. Tes compliments me vont droit au cœur. »

Bruce monta sur la marche supérieure pour prendre un peu de recul, et cligna des yeux. « Je regarde Phyllis Geronomous, et je vois Carolina Herrera. »

Ils abandonnèrent l'escalier roulant à l'étage de la mode des créateurs. Phyllis avisa un mannequin revêtu de mètres de tulle et de jersey de soie.

« Tiens ! Les mannequins ont des seins, maintenant ?

— Et alors ? » Bruce haussa les épaules et la prit par le bras.

Phyllis se dégagea et considéra le mannequin avec dégoût.

«Si on en est à l'anatomiquement correct, pourquoi pas des gros ventres et des culottes de cheval ? dit-elle avec sarcasme. Et des jambes variqueuses, des chevilles enflées et des cors aux pieds ?

— Pitié, mon Dieu !» s'exclama Bruce. Il ne lui manquait plus que ça. Sa mère allait faire son numéro au beau milieu du rayon haute couture !

Mais elle se contenta de secouer la tête d'un air navré. «En Amérique, on déteste voir les femmes comme elles sont, dit-elle tristement.

— Elles ne sont plus comme tu dis. Regarde les vedettes de cinéma. Les top models. Les femmes gagnent bien leur vie, elles occupent le terrain.» Il la reprit par le bras pour la guider vers les stands des stylistes.

«Réfléchis ! s'écria Phyllis. Les hommes contrôlent tout, n'oublie jamais ça. Ce sont eux qui possèdent les magazines que les femmes rédigent, publient et lisent. Et toutes les chaînes de télévision. Ils sélectionnent un certain nombre de mutantes, et ils les font trimer pour mieux nous humilier. Ils détestent les femmes d'un certain âge. Ils ne supportent pas que ça tombe, que ça pendouille, la ménopause les rend malades. Un vieux ventre. Des vieilles cuisses. Mais les hommes, qu'ils soient vieux, gros ou chauves, ils se trouvent très bien. Ils ne sont pas comme nous, ils n'ont pas d'horloge biologique. Et ils ne savent jamais l'heure qu'il est. Ils nient la mort.»

Bruce l'avait — péniblement — attirée jusqu'à un portant de vêtements. «Tiens, ça pourrait être pas mal, ça, dit-il pour changer de sujet en lui montrant un tailleur en satin noir accroché sur un cintre.

— Du noir ? Non merci. C'est sinistre.

— C'est du Karen Kahn. Ce n'est pas sinistre, maman, c'est chic. »

Une vendeuse jeune et mince s'approcha d'eux. « Puis-je vous aider ? »

Bruce lui sourit. « Nous cherchons une robe de dîner. En satin noir, peut-être. » Il baissa les yeux sur le ventre rond de sa mère et ajouta : « Avec un drapé, éventuellement.

— J'ai exactement ce qu'il vous faut, décréta la vendeuse en sortant d'un autre portant une robe et une veste perlée de jais. Escada.

— Du noir ? Pourquoi du noir ? Je ne suis pas en deuil. En tout cas pas encore. Qu'est-ce que vous avez contre la couleur, dans ce pays ?

— Tu voudrais peut-être du rouge et du vert ? Pour ressembler à un nain de jardin psychopathe ? » se lamenta Bruce en déployant l'ensemble Escada devant elle. Phyllis regarda l'étiquette.

« Mon Dieu ! Mais, Bruce, ça coûte plus cher qu'un an de la retraite de ton père. »

Bruce mit les mains sur ses hanches. « Pourquoi faut-il toujours que tu regardes le prix en premier ? Depuis que je suis petit, ça a toujours été la même chanson : combien ça coûte ? Tu n'as même pas regardé la robe. »

La vendeuse les observait, tous ses espoirs de conclure une vente rapide envolés. « Je vais vous laisser réfléchir tranquillement, dit-elle.

— Le voilà, ton problème, poursuivit Bruce. Ce qui compte, pour toi, c'est le prix, pas la qualité. A onze ans, quand j'ai voulu deux superbes chemises de chez Izod, tu m'en as acheté une douzaine chez J.C. Penney.

— Mais Bruce, je pourrais m'offrir un studio à Del Ray pour ce prix !

— Peut-être, mais de quoi tu aurais l'air, dans ton studio de Del Ray ? Alors qu'avec ça, on croira voir Greer Garson dans *Mrs. Miniver*. Tu auras l'air d'une reine.

— Une reine par famille, tu ne trouves pas que ça suffit ? » soupira Phyllis.

Bruce pinça les lèvres et se mit les mains sur les hanches. « Maman, tu vas te décider à coopérer, oui ou non ?

— Non », fit Phyllis, impavide. Bruce tapa impatiemment du pied par terre. « Non, Bruce, je n'essaierai pas une robe à quatre mille sept cents dollars. Il n'en est pas question. »

Bruce regarda en l'air comme si les choses de ce bas monde échappaient à son entendement. « Bon. Je reprends depuis le début, maman. Je crois que tu n'as pas saisi l'idée de base. Pour attirer l'argent, tu dois avoir l'air d'être riche toi-même. Nous ne dépensons pas d'argent, nous investissons sur l'avenir.

— Mon avenir ne me laissera pas le temps d'amortir une robe à quatre mille sept cents dollars.

— Peut-être, mais le mien, oui, et je vais faire faillite sous peu, à moins d'un renversement radical de situation. » Il la regarda sérieusement pour la première fois. « Maman, cette entreprise compte, pour moi. Vraiment. J'ai trois employés. J'ai commencé entre les quatre murs de mon appartement, et je me suis bien débrouillé jusqu'à ce que ce salaud... »

Le visage de Phyllis refléta une expression de mépris.

« Tu veux dire que tu as emprunté à la banque ? Tu paies des intérêts ?

— Pas exactement à la banque. Ils n'auraient pas accepté, après que Bill a filé avec la caisse. Non. A un certain Lefty. Qui me met sur la paille.

— Sans s'y coucher avec toi, bien entendu, et ce n'est pas lui qui attrape les puces. » Phyllis secoua la tête d'un air navré. « Bruce, Bruce, mon pauvre Bruce. » Puis, vaincue, elle suivit son fils dans le salon d'essayage.

Le désordre qui régnait dans les salons d'essayage du troisième étage de chez Bergdorf était digne de celui qui ravage le cerveau d'un psychopathe. Une veste à sequins de trois mille dollars était jetée par terre, en boule. Une étole du soir en soie italienne et sa robe turquoise assorties pendaient lamentablement à un crochet, sous une étiquette annonçant un prix à quatre zéros. La liste des vêtements rejetés, et qui jonchaient le sol, aurait été plus longue à établir que celle des créanciers de Bruce. Un fourreau sans bretelles en faux léopard, avec boléro, s'alanguissait sur une petite chaise, à côté de celle où il avait pris place.

Phyllis, au bord de l'épuisement, se battait avec une nouvelle tenue : une robe d'un rouge profond, avec galons et boutons dorés. Elle se regarda dans le miroir. « Nom d'un petit bonhomme en bois ! Seigneur Dieu ! Est-ce que je suis censée jouer le rôle de Nancy Reagan ? »

Bruce l'examina de la tête aux pieds, sans prêter la moindre attention à ses commentaires. Il se tourna vers la vendeuse. « Je crois que pour une fois elle n'a pas complètement tort. Il y a trop de boutons, ça fait uniforme. Je veux quelque chose de plus sobre. Pas le style Adolf. Plutôt Lacroix, revu par Calvin Klein. »

La vendeuse, abîmée dans une réflexion intensive, s'immobilisa quelques instants.

« Vous parlez en quelle langue ? » demanda Phyllis. Bruce ne broncha pas. La vendeuse non plus. Ils semblaient communiquer dans un au-delà du réel.

« Je crois que j'ai exactement ce qu'il vous faut, dit enfin la femme.

— Première nouvelle », ironisa Phyllis en se laissant tomber sur la deuxième chaise pour attendre la phase suivante des opérations.

« Mission accomplie ! Grands dieux, je suis mort ! » dit Bruce à ses sœurs en s'effondrant dans un fauteuil, au milieu d'une quantité de sacs rutilants. Il alluma une cigarette.

« Tu as dépensé combien ? demanda Sig.

— Ne t'inquiète pas. Tu as de quoi payer.

— Où est maman ? demanda Sharon.

— Au bar. Elle voulait boire un verre.

— Maman voulait boire un verre ? Mais elle ne boit pas, rappela Sig à son frère. Je t'avais demandé de ne jamais la laisser seule.

— Ce n'est plus une enfant, rétorqua Bruce, agacé. Et elle est à l'hôtel.

— A boire toute seule ? Tu crois qu'elle se serait mise à boire toute seule, en Floride ?

— Tu as peur que maman soit devenue alcoolo ? Ce

serait le moindre de nos problèmes. Si seulement elle buvait ! Ça la détendrait un peu. Rien ne vaut un bon gin-tonic, sur le coup de cinq heures, pour te donner l'illusion du bien-être. Si on pouvait décrire ce qui cloche chez maman, on n'aurait plus qu'à s'inscrire dans un groupe quelconque, genre Enfants Adultes d'Alcooliques.

— Voilà où puiser un certain réconfort, dit Sig. Mais il faudrait d'abord établir un diagnostic. Je te propose : Enfants Adultes de Mères Exaspérantes, Obstinées et Sarcastiques Revenues Vivre En Ville.

— Un peu long, mais on trouvera un sigle. Vous ne pouvez pas vous imaginer la scène chez Bergdorf, ajouta-t-il en riant.

— Arrête de penser à Bergdorf, gémit Sharon. Où est-elle ? On a perdu maman.

— Si ma méthode ne te convient pas, prends donc le relais.

— Je n'ai pas le temps. Je suis chargée des recherches.

Ils levèrent tous deux les yeux sur Sig d'un air accusateur.

« Et moi, je me charge de trouver l'argent pour financer cette arnaque », leur rappela-t-elle. Le frère et les deux sœurs échangèrent des regards lourds de reproches. Comme d'habitude. Sig éprouva une sensation de déjà-vu. L'instant était crucial ; tout pouvait basculer : soit ils retombaient dans leurs chamailleries puériles, soit ils se contrôlaient, et ils allaient de l'avant. Cette fois, ce fut Sig qui fit un effort héroïque.

« Allons chercher maman », proposa-t-elle.

Chapitre 9

EPUIS qu'ils avaient sélectionné leur candidat, Sig œuvrait en coulisses. Elle s'était débrouillée pour obtenir trois billets pour le Winter Wonderland Ball, à l'hôtel Plaza. Sa société avait réservé une table mais elle avait dû passer une bonne dizaine de coups de fil à des gens qui n'étaient pas tous ravis de l'entendre, pour être placés à la table onze, celle de Bernard Simples. Au cas où il viendrait. Pendant les fêtes, la saison new-yorkaise battait son plein et beaucoup de gens du meilleur monde achetaient des billets mais préféraient s'envoler pour les Caraïbes. Sig les comprenait. Pendant les glorieuses années quatre-vingt, elle en faisait autant. Mais on était au beau milieu des années quatre-vingt-dix, et la belle époque était définitivement révolue.

On était à la veille du Wonderland Ball, il ne leur restait qu'à endoctriner Phyllis, à lui présenter Bernard Simples ou un autre nabab du même âge, à l'attirer au Pierre, et à lancer la roue de la fortune en espérant que la flèche de Cupidon ne raterait pas sa cible. Leur but était de faire passer Phyllis Geronomous pour une femme délicieuse, riche, dis-

96

tinguée et disponible. Ils jouaient à cent contre un, mais Sig avait l'habitude des paris risqués. Les foires aux riches veufs n'avaient pas lieu tous les jours, il fallait profiter des occasions qui se présentaient.

Le vendredi matin, Sig passa au Pierre avant d'aller travailler. Elle arriva trempée jusqu'aux os, avec l'unique espoir que la pluie verglacée qui tombait du ciel n'avait pas saccagé sa robe, emballée dans un sac volumineux avec tous ses accessoires pour la soirée. Bruce et Todd n'étaient pas encore là, mais Sharon venait d'arriver de Westchester en train.

Elle avait apporté un sac presque aussi gros qu'elle, qui ne contenait pas de vêtements de soirée mais sa banque de données. Elle fouilla parmi les dossiers et en sortit le plus épais, qu'elle ouvrit sur une table. « Il s'appelle Bernard Simples, c'est un architecte, dit-elle à sa mère. Enfin, c'est comme ça qu'il a commencé sa carrière. Aujourd'hui, c'est plutôt un promoteur. Il a construit l'immeuble Thompson, sur la 55ᵉ Rue. Et la nouvelle aile du musée ; tu te rappelles ? On en a parlé. Il a construit les sièges sociaux d'une dizaine des cent premières entreprises du monde. J'ai des photos. Cela dit, sa famille avait de l'argent au départ. Et sa femme, qui est morte il y a huit ans, lui en a laissé un joli paquet aussi. Ils n'ont jamais eu d'enfants. Il ne s'est jamais remarié. » Le doigt de Sharon descendit le long de la page. « Actif net évalué à plus de cinquante millions. » Elle sortit une coupure de presse et la tendit à Sig. « Voilà sa photo. »

Sig regarda le portrait. Comme aurait dit Bruce, rien à voir avec Gary Cooper dans *Le Rebelle*. Mais sa mère ne ressemblait pas précisément à Patricia Neal non plus. « Le voilà, maman, ton architecte. L'homme de ta vie», dit-elle en tendant la coupure à sa mère, qui s'exclama, après avoir vu le visage parcheminé, le crâne chauve et les yeux étroits : «Gary Cooper tout craché, en effet !

— Maman, tu as promis d'essayer ! Tu ne le connais même pas.

— Et je n'en ai pas la moindre envie.

— Le prochain sur la liste est John Glendon Stanford. Quatre-vingt-huit ans. Je n'ai pas pu trouver de photo de lui, intervint Sharon.

— C'est parfait. Un pied dans la tombe et l'autre sur une peau de banane. On imagine assez facilement le style d'homme que c'est», dit Bruce qui entrait. Todd et lui avaient apporté du maquillage, leur séchoir à cheveux, des brosses et mille autre choses. C'était l'heure de la répétition générale.

Sharon ne fit pas attention à la remarque de son frère. «Et enfin, nous avons Robert Himmelfarb. Plus jeune que Stanford, mais moins riche.

— S'il faut vraiment que je…

— Maman, tu veux nous voir sortis d'affaires ? l'interrompit Bruce. J'ai besoin d'une influence paternelle.

— Et d'autres petits-enfants ? Tu ne veux pas d'autres petits-enfants ?» gémit Sharon.

Sig renchérit sur son frère qui avait intelligemment choisi d'exploiter le thème de la culpabilité. «Tu ne t'es pas occupée de nous quand on était petits. Aujourd'hui, tu assistes à ce dîner et tu te fais inviter par ce type, c'est tout ce qu'on te demande.»

Phyllis soupira. «Qu'est-ce qu'il faut que je fasse ?

— Montre le dossier, Sharon», ordonna Sig. Le sort en
était jeté. Autant se préparer pour l'épreuve.

« On révise encore une fois, dit Bruce. Qu'est-ce qu'un
encorbellement ?
— Un croisement de poubelle et de flûte à bec.
— Maman, concentre-toi.» Sharon avait passé la mati-
née à apprendre à sa mère le vocabulaire de l'architecture.
« Un encorbellement est une construction en saillie, en bois
ou en pierre, soutenue par des consoles.
— Si tu le dis, soupira Phyllis.
— Qu'est-ce qu'un denticule ?
— Un fils de dentiste ? Ou un cousin de la corbeille ?
— Comment espères-tu impressionner M. Simples si tu
ne connais rien à l'architecture ?
— Grâce à ma coupe de cheveux.
— Qu'est-ce que le Bauhaus ? continua imperturbable-
ment Sharon.
— Encorbellements, denticules et Bauhaus avec des
nouilles, il n'y a rien de meilleur au monde», chantonna
Phyllis en imitant Maria dans *The Sound of Music*. Elle n'ar-
racha pas un sourire à Sharon. Phyllis ne comprendrait décidément jamais comment elle avait pu élever une fille dénuée
à ce point du sens de l'humour.
« Tu vas arrêter ? Tu vas arrêter, et te concentrer ?» Sharon gémit d'exaspération. « Voilà un portfolio avec les photos des immeubles qu'il a construits. Etudie ça, au moins !
— C'est des immeubles, ça ? On dirait des meringues
avec de la glace fondue dessus.

— Autre chose. Simples est un mordu d'opéra.

— Ne compte pas sur moi pour chanter, maugréa Phyllis.

— Tu vois maintenant par quoi je suis passé ? » dit Bruce à Todd pendant qu'ils vidaient leurs sacs. Phyllis se forçait à sourire à Todd. Il était sympathique. Quelle importance, s'il ne réussissait pas dans la vie ! Il ferait une gentille petite femme pour Bruce, et la photographie deviendrait son violon d'Ingres. « C'est l'heure de la répétition générale ! s'écria Bruce. Et Todd va nous aider. »

Samedi soir, et bientôt minuit. Sig arpentait nerveusement la pièce, en attendant sa mère. Assise sur un canapé, Sharon engloutissait des cachous par poignées. « On n'aurait jamais dû se lancer dans cette aventure », se disait Sig. C'est ridicule. Je perds mon temps et mon argent. « Tu es prête ? cria-t-elle en direction de la salle de bains, pour la cinquantième fois.

— Presque », répondit Todd. Sig lissa sa robe. A force de faire les cent pas, elle aurait mal aux pieds et sa jupe serait toute chiffonnée avant d'arriver à la soirée.

« Je ne vois pas pourquoi je ne peux pas y aller », dit Sharon d'un ton de reproche tout en enfournant une poignée de cachous. Au moins mille calories, songea Sig. Sharon était vraiment impossible. « On va être en retard, cria-t-elle après avoir consulté sa montre.

— C'est très chic d'arriver tard », dit Bruce en entrant dans la chambre. Puis il se posta devant la porte de la salle de bains. « Ta-da ! claironna-t-il.

100

— Mon Dieu!»

Phyllis Geronomous apparut sur le seuil. Sig se figea sur place, les yeux écarquillés de stupéfaction. On aurait dit Susan Sarandon. Sharon en arrêta de mâcher. «Maman, c'est vraiment toi?»

Phyllis tourna lentement sur elle-même. «Prête pour le gros plan, monsieur De Mille», annonça-t-elle pendant que Todd la prenait en photo. Le manteau de satin et la robe fourreau assortie étaient d'une couleur indéfinie, entre le gris et le bleu lavande. Lorsqu'elle bougeait, le coûteux tissu chatoyait subtilement. Ses cheveux, anciennement blonds et frisés, encadraient son visage d'un élégant carré argenté. Son maquillage était si discret qu'elle ne semblait pas fardée. Pourtant, sa peau resplendissait d'un éclat qui rivalisait avec celui de la robe. Au lieu de ses habituels fards à paupières turquoise et rouge à lèvres violacé, on lui avait appliqué un soupçon d'ombre mauve qui accentuait son regard d'une façon si naturelle qu'on aurait juré qu'elle n'était pas maquillée.

Ses lèvres brillaient d'un éclat qui semblait ne rien devoir à l'artifice. Un double rang de grosses, très grosses perles grises camouflait du temps les irréparables outrages. Le fermoir en diamant de son collier, qu'elle portait sur le côté, étincelait sous les boucles d'oreilles assorties qui caressaient ses joues.

«Oh, mon Dieu!» répéta Sig. Elle détacha enfin ses yeux de la vision et regarda Bruce, qui se pavanait fièrement derrière Phyllis. «Tu es un génie», s'écria-t-elle. Son frère rougit, mais Sig était trop obnubilée par sa mère pour s'en aviser.

Ses jambes étaient gainées d'une soie magique, qui reflétait l'éclat de sa robe tout en camouflant ses veines apparentes. Touche finale : les chaussures. Des sandales très féminines, distinguées et pourtant sexy, manifestement hors de prix.

«Ce sont des Blahnik? hoqueta Sig. A six cents dollars la paire?

— Des instruments de torture, oui, s'exclama Phyllis. Un caniche savant pour numéro de cirque, voilà ce qu'on a fait de moi!»

Bruce se lança dans son jeu favori. «On dirait la scène au champ de courses d'Ascot, dans *My Fair Lady*. Vous savez, quand Audrey Hepburn est si belle, mais qu'elle s'exprime comme une marchande de poissons.

— On ne parle pas comme ça de sa mère», protesta Phyllis, qui traversa la pièce pour s'emparer de son sac du soir posé sur la table.

Sa démarche elle-même avait subi l'effet Pygmalion. Etaient-ce les chaussures? se demanda Sig. Ou marchait-elle différemment parce qu'elle se sentait différente? Phyllis… Phyllis resplendissait, en quelque sorte. «Tu pourrais faire la même chose pour moi? demanda Sig à son frère. J'aurais peut-être une chance de rencontrer un type convenable.»

Bruce acquiesça avec enthousiasme.

«Et pour moi? demanda Sharon qui sortait peu à peu de sa transe léthargique.

— Impossible. Je suis un artiste, pas un magicien.

— Bruce, sois gentil avec ta sœur, je t'en prie, intervint Phyllis qui se tourna vers sa fille aînée.

— Trop austère, et tu devrais raccourcir ta jupe, dit-elle à Sig en l'examinant des pieds à la tête. D'ailleurs, un haut blanc avec un bas noir, pour sortir, ça ne se fait pas. On risque de te confondre avec la bonne.»

Sig baissa les yeux sur son ensemble de chez Moschino Cheap & Chic. Bon Dieu ! Parfois, elle avait envie d'étrangler sa mère.

«Et maintenant ? dit Phyllis.

— Maintenant, on emmène Cendrillon au bal et elle rencontre le prince», répondit Bruce.

Chapitre 10

« $\mathcal{M}$ ON nom de jeune fille est Stin. Vous imaginez
ça? Phyllis Stin?»
L'architecte ne se fendit pas du moindre sourire. «Les
Steen de Cincinnati? J'ai construit leur maison. Ils étaient
dans la navigation.

— Non. Les Stin de Bushwick. Ils étaient plutôt dans la
dèche.

— Pardon?» dit Bernard Simples d'un air intrigué.
Phyllis leva les yeux au ciel.

«C'était une blague, Bernie.

— Bernard.»

Sig s'agitait sur sa chaise. Pour l'occasion, la somptueuse
salle de bal de l'hôtel Plaza avait pris des allures de carte de
vœux viennoise. De faux stalactites soutenaient les lustres
et la décoration évoquait furieusement l'auberge du Cheval-
Blanc. L'orchestre ne jouait que des valses. Par ailleurs, tout
se passait au plus mal. Sig était assise en face de l'architecte,
leur cible, et elle avait déjà compris que le dîner ne se dérou-
lerait pas selon leurs vœux. Ils étaient arrivés au Plaza, ils
avaient pris place et s'étaient débrouillés pour que Phyllis

soit assise à côté de l'architecte, qui était seul. Mais en fait de conversation il n'y avait eu que des plaisanteries tombant à plat et des quiproquos.

«Alors, Bernie, vous avez décidé de prendre une retraite anticipée?» demanda Phyllis. Sig grimaça de dépit.

«Bernard, la corrigea encore Simples. Je préfère qu'on m'appelle Bernard.

— Quelle idée! s'écria Phyllis. Bernie, c'est déjà pas génial, mais Bernard! Vous voyez une femme crier «Bernard» quand elle atteint enfin le paroxysme de la passion?»

L'architecte se tourna délibérément vers Sig, qui essaya de sauver la situation. «Ma mère s'intéresse énormément à vos actions, déclara-t-elle à un Simples impavide. Elle les range dans un gros portefeuille. C'est un ami de mon frère qui prend les photos.» Sig voulait dire que sa mère s'intéressait à son œuvre, mais le vocabulaire de Wall Street avait repris le dessus. Simples se méprit et manifesta soudain de l'intérêt pour Phyllis.

«Oh! Vous boursicotez? Je trouve ça fascinant.

— Une maille à l'endroit, une maille à l'envers, c'est tout ce que je sais faire. Parfois, ça file.

— Vous êtes une flambeuse, alors?

— Non, je ne brûle jamais rien. Je préfère jeter dans la corbeille, c'est plus sûr.

— Sur le marché...

— Je ne vous suis plus. On parle cuisine, ou tricot?

— Je parle de votre portefeuille, bien entendu.

— Oh, ça. C'est les enfants qui l'ont rempli. Pour leur recherche. Je ne sais même pas ce qu'il y a dedans.

— Mais ce n'est pas raisonnable du tout, voyons. En tout

cas, vous savez vous habiller. C'est une robe de chez Lacroix, non ? Elles ne sont pas données.» Il s'interrompit. «Vous savez, beaucoup de gens pensent que si on est partie prenante dans quelque chose, on perd son objectivité. Mais moi, je m'enorgueillis d'avoir effectué quelques petits investissements hautement rentables. Je ne prétends pas être un professionnel, mais je suis à votre disposition si vous désirez un conseil désintéressé.

— Laissez tomber», dit Phyllis. Bruce, assis à sa gauche, lui donna un violent coup de coude dans les côtes, et se pencha en avant pour s'adresser à Simples.

«Maman serait enchantée. Nous lui avons répété mille fois qu'elle devrait s'intéresser de plus près au marché.

— Vous ? C'est toujours vous qui m'avez fait détacher mes coupons.

— Détacher vos coupons ? interrogea Bernard, de plus en plus interloqué. Ma chère amie, vous avez réellement besoin qu'on vous aide.

— C'est exactement ce que disent mes enfants.»

Un homme élégant et âgé assis à la même table éclata de rire. Soixante-dix ans bien tassés, bronzé, chevelure blanche et abondante, yeux bleus, profil noble. Sig avait remarqué la très jeune fille blonde qui l'accompagnait. Phyllis jeta au couple un coup d'œil perçant. «C'est votre fille, j'espère ? dit-elle à haute voix.

— Pas du tout.

— Vous vous connaissez ?» intervint Bernard. Phyllis secoua la tête. «Je vous présente Paul Cushing, un de mes vieux amis. j'ai construit le siège social d'une de ses entreprises. » Il se racla la gorge. « Paul, je te présente Phyllis Stin.

— C'est bien ce que j'avais cru entendre, dit Cushing en riant.

— Vous voyez ! Quel nom ! Rien d'étonnant à ce que j'aie épousé le premier homme qui m'ait demandée en mariage. Il fallait que je me marie. Pas pour la raison que vous imaginez, petits coquins. A cause de mon nom. Remarquez, Geronomous, ce n'est pas un cadeau non plus. A la banque, le caissier me regarde comme s'il avait peur que je le scalpe. Dans le temps, personne ne savait qu'il suffisait d'aller à la mairie et de payer vingt-cinq dollars pour changer son nom sur son extrait de naissance. » Elle observa Cushing d'un air dégoûté. « Vous avez regardé l'extrait de naissance de cette jeune personne ? » lui demanda-t-elle.

Sig était sur le point d'exploser. Heureusement, Bernard Simples essaya de calmer le jeu. « M. Cushing est l'ex-président de Whetherall Industries, dit-il. Il est veuf. »

— Et moi, je suis Phyllis Geronomous. Ex-présidente du club féminin de canasta de l'île de Turnbury. Veuve d'Ira Geronomous. Et votre jeune amie, qui est-ce ? »

La jeune fille assise à côté de Cushing partit d'un fou rire incoercible. « Je m'appelle Wendy. Wendy…

— Wendy tout court, l'interrompit Cushing, qui mordait manifestement à l'hameçon tendu par Phyllis.

— Pas de noms propres, hein ? dit Phyllis d'un ton acerbe.

— En l'occurrence, non, fit Cushing, serein.

— Seriez-vous un agent de SPECTRE, par hasard ? » Phyllis examina la ravissante jeune fille. « J'espère pour vous qu'elle a plus de dix-huit ans, mon petit monsieur. Sinon, vous allez vous attirer des ennuis.

— Maman, je crois que M. Simples voudrait te dire quelque chose, intervint Sig, le visage fendu d'un large sourire hypocrite.

— Et vous, comment vous appelez-vous ? lui demanda Paul Cushing.

— Sigourney Geronomous.

— Elle est trop vieille pour vous, jeta Phyllis. Elle n'a que la moitié de votre âge.

— Je suis désolée, monsieur Cushing. Ma mère est parfois…

— Votre mère est délicieuse.» En dépit de son âge, Paul Cushing était très séduisant, se dit Sig. Et les rides tout autour de ses yeux bleus ajoutaient encore à son charme, alors qu'elle en était à envisager d'avoir recours à la chirurgie esthétique pour effacer les siennes. La vie était vraiment trop injuste.

«Elle ne mâche pas ses mots.

— C'est une qualité que j'admire chez les femmes, dit Cushing. Ma petite-fille est pareille», ajouta-t-il en regardant sa jeune compagne. Wendy éclata de rire. «Qu'est-ce que vous faites dans la vie, mademoiselle Geronomous ? Ou serait-ce madame ?»

Sig intercepta le regard de Wendy sur sa main gauche. Elle ne portait pas d'alliance, bien entendu, mais pour ses quarante ans elle avait fait une folie : elle s'était acheté une superbe émeraude. C'était l'époque où elle avait fini par comprendre que personne ne lui en offrirait. Sig considérait les pierres précieuses comme un investissement et non comme une folie. Mais un investissement qu'elle savourait : elle adorait ce bijou. «Mademoiselle, répondit-elle après s'être abîmée quelques instants dans la contemplation de sa bague. «Je suis courtière.

— C'est mon jour de chance ! Je cherche justement un nouvel appartement.

— Ce n'est pas le genre de biens que je négocie», dit froidement Sig. Elle était furieuse. Tout le monde savait que les agents immobiliers étaient des escrocs. Pour qui la prenait-il ? Elle s'efforça de ramener la conversation sur des sujets généraux. Elle parla de l'exposition Bonnard qu'elle avait visitée, commenta la tendance du marché et fit sortir Wendy de sa réserve grâce au patinage artistique. Mais personne ne releva ses allusions répétées à la passion de sa mère pour la danse.

Pendant ce temps, Bernard Simples et Bruce bavardaient à bâtons rompus. Lui, au moins, se donnait du mal, songea Sig avec gratitude alors qu'on leur apportait le café. Elle allait enfin se détendre quand une chose très bizarre se produisit. Un inconnu s'approcha de la table et invita Phyllis à danser. «Volontiers, Monty», dit-elle. Bruce et Sig s'interrogèrent du regard. C'était un vieux monsieur petit et rondouillard dont l'habit semblait dater d'une ère révolue.

«Qui est-ce ? demanda Sig à sa mère au moment où celle-ci se levait.

— C'est Monty. Monty Dunleathe. Le garçon dont je t'ai parlé. Nous nous sommes rencontrés dans l'avion.»

Phyllis s'éloigna avec le bonhomme. «Le garçon qu'elle a rencontré dans l'avion ? demanda Bruce. Quel garçon ?» Sig se leva en faisant un geste d'ignorance. Une grosse don-

don en robe rebrodée de perles qui passait devant la table mit son verre vide dans la main ouverte de Sig.

« Tu vois ? dit Phyllis qui était arrivée au bord de la piste de danse, elle t'a prise pour la bonne. »

Avant que Sig n'ait réagi, Paul Cushing se leva. « J'allais inviter votre mère à danser, mais apparemment je me suis fait coiffer au poteau et ma petite-fille ne valse pas. Auriez-vous l'obligeance de m'accorder cette danse ? »

Sig, interloquée, posa le verre sur la table. « Moi ? »

Bruce la poussa du coude. « Prends son numéro, ça nous fera une solution de rechange pour maman. On en aura besoin.

— Volontiers », sourit Sig, mais elle éprouvait une étrange réticence. Cushing lui rendait son sourire, venait à elle. « Il ne conviendrait pas à maman, murmura-t-elle à son frère. On a déjà Bernie.

— Ça m'étonnerait que ça marche, avec Bernard, répondit Bruce alors qu'elle allait s'éloigner.

— Ne sois pas aussi négatif.

— Je ne suis pas négatif. Je parle en connaissance de cause, c'est tout. »

Paul prit la main de Sig.

« Comment pourrais-tu savoir ? » lui demanda Sig par-dessus son épaule, en suivant Paul Cushing.

Bruce sourit. « Bernard vient de m'inviter à danser. »

Chapitre 11

« JE vous avais dit que c'était idiot», déclara Sharon
en portant à sa bouche un bagel dégoulinant de
fromage fondu. Le frère et les deux sœurs s'étaient donné
rendez-vous dans un café à côté de la gare de Grand Central, car ça arrangeait Sharon, qui était venue de Westchester en train pour se faire raconter la soirée de la veille. Le
quartier était bondé de banlieusards chargés de paquets, il
n'était pratique ni pour Bruce ni pour Sig, et la nourriture
était infecte. «On ne peut pas traiter maman comme une
personne normale, poursuivit Sharon. Elle n'est pas normale. Vous ne lui avez présenté personne d'autre? Je n'arrive pas à y croire! Il devait y avoir d'autres candidats
potentiels.

— Organise toi-même le prochain rodéo, aboya Sig.
Nous sommes ruinés.» A quoi bon tout ça? A quoi bon se
plaindre, ou expliquer? Ils l'avaient toujours considérée
comme une pompe à finances, au robinet éternellement
ouvert. «Il est temps de laisser tomber cette folie. J'ai perdu
la tête, ma parole! Dieu seul sait combien d'argent je dois
déjà au Pierre. Sans compter, ajouta-t-elle en jetant un

regard acide sur Bruce, les robes de couturier ou les chaussures de chez Blahnik, merci du fond du cœur. » Elle allait devoir leur exposer, quoi qu'il lui en coûtât, sa situation financière. « Vous savez, depuis le fameux "lundi noir", les choses vont relativement mal. On n'est plus dans les années quatre-vingt. J'ai de moins en moins d'investisseurs. Je leur fais gagner de l'argent à tous, Dieu merci, mais ils sont de moins en moins nombreux. Ce qui signifie de moins en moins de commissions.

— On sait tout ça par cœur, l'interrompit Bruce.

— Tu ne sais rien du tout, petit pédé ignorant, jeta Sig, les dents serrées. On n'avait pas besoin de dépenser huit mille dollars pour habiller maman. Passe encore si ça lui avait fait plaisir ! Je ne peux pas me permettre de continuer. Il va falloir qu'elle déménage à Noël. Et pour aller où ? Chez toi, Bruce ? » attaqua perfidement Sig. Il se recroquevilla sur sa chaise, ce qui fit ricaner Sharon.

« Chez toi, peut-être ? demanda Sig à Sharon qui détourna le regard. Nous avions une cible idéale. Bernard Simples. Je dépense trois cents dollars par personne pour qu'on puisse s'asseoir à sa table. J'avais prévu qu'on trouverait peut-être une solution de remplacement — à propos, Sharon, vois ce que tu peux dénicher sur Paul Cushing —, mais que ce soit maman qui se trouve le remplaçant, si inadéquat qu'il soit, ça, ça me tue. C'est un minable, mais lui, au moins, il est hétérosexuel. Et donc loin d'être aussi inadéquat que Bernard. N'est-ce pas, Sharon ? »

Bruce soupira. « Tu ne savais pas que Bernard était homo, Sharon ? Il n'y avait pas ça sur Internet, ou dans le *Who's Who* ?

— Il s'est marié une fois, il pouvait recommencer, dit Sharon, sur la défensive.

— Mais pas avec maman. Pas avec notre mère à nous. Elle ne s'est pas donné le moindre mal. On l'a coiffée, habillée, chaussée...» Sig craquait. «Et elle ignore Bernard...

— Bernie», corrigea Bruce.

Sig le foudroya du regard. «Elle ignore Bernard, elle le prend de haut. Elle agresse Paul Cushing. Vu les circonstances, on aurait pu sélectionner un autre candidat; mais elle gaspille le reste de la soirée, et mon argent, à danser avec un connard en habit datant de la guerre de Sécession.» Sig s'arrêta et se frotta la tête. «Je décroche, dit-elle. C'est sans espoir.

— Paul Cushing? Il n'était pas président de Whetherall? demanda Sharon.

— Il pourrait être président de la République tchécoslovaque! s'exclama Bruce. Elle l'a pratiquement accusé de détournement de mineure. Tu la connais, elle est taquine! Maman ne lui a pas plu du tout. Il pourrait adhérer au club; il y serait en bonne et nombreuse compagnie.

— Je n'en suis pas si sûre, Bruce. Elle a éveillé sa curiosité.

— Et si tu redescendais sur terre?

— Et si tu essayais d'être un peu productif, et positif? Pourquoi ce serait toujours à moi d'avoir l'esprit pratique?

— Oh! Qu'entends-je? Seraient-ce les tambours du martyre?» Et Bruce se lança dans une imitation de Carmen Miranda, sur l'air de *Mañana*. «Je m'appelle Sig, je suis l'aînée. Ma vie est un enfer. Ma mère ne m'a jamais aimée. Que puis-je y faire ? C'est toujours à moi de payer. Sur cette terre, le martyre est ma destinée. »

Sig jeta un regard noir à Bruce, qui reposa sur la table le poivrier et la salière qu'il avait utilisés en guise de castagnettes. A la stupéfaction de Bruce et de Sharri, les yeux de Sig se remplirent de larmes, qui se mirent à ruisseler sur ses joues poudrées. Puis elle éclata en de bruyants sanglots. « Qu'est-ce qu'on va faire ? Maman ne pourra plus habiter le Pierre très longtemps, et on ne peut pas la coller dans un hospice. » Elle renifla, et essaya de se ressaisir. « Ce serait injuste pour ses voisins de chambre. Je n'ai pas les moyens de lui louer un appartement. Nous ne voulons pas d'elle chez nous. C'est insoluble ! »

Bruce et Sharon l'entouraient. Sharon lui passa un Kleenex. Bruce lui tapota la main. « Je n'en peux plus, sanglota Sig. Je suis endettée jusqu'au cou. Je ne touche presque plus de commissions. Je n'ose pas me servir de ma carte American Express, parce que je n'aurais pas de quoi payer la note à la fin de mois. Je vais liquider mon appartement et vendre mon émeraude aux enchères. » Elle prit le Kleenex de Sharon, le porta à son nez et eut un hoquet.

Sharon et Bruce échangèrent un de leurs rares regards complices. « Fauchée. Tu parles ! » murmura Bruce. Toute leur vie, ils avaient entendu Sig se plaindre de ses problèmes d'argent.

« Nous savons que tu fais tout ton possible, dit Sharon d'un ton consolateur. Nous apprécions ton dévouement. Je m'excuse, pour Bernard.

— A l'époque, les hommes ne mangeaient jamais le morceau, dit Bruce. Aujourd'hui, il se rattrape, il le dévore par les deux bouts !

— Maman pourrait nous aider un peu ! » explosa Sig en essayant d'effacer les traînées de mascara qui lui barbouillaient le visage. Elle aurait au moins pu tenter sa chance, avec Bernard, pour l'amour du ciel ! Elle n'avait pas besoin de jouer à l'ennemi public numéro un.

— Elle aurait dû, elle aurait pu, mais elle ne le fera pas. Maman est comme ça ! dit Bruce.

— Et, pour couronner le tout, elle passe la soirée à bavarder avec un minable ! Un moins que rien, avec le genre d'habit que portait Leslie Howard en 39 !

— Comment s'appelle-t-il ? demanda Sharon. Monty comment ?

— Je n'en sais fichtre rien, s'exclama Bruce. Un nom d'animateur de jeu télévisé, ou de coiffeur ! »

Sig s'était essuyé les yeux et semblait avoir repris ses esprits. « Montague Dunleathe, dit-elle. Le Prince charmant de maman. Ils auraient pu danser toute la nuit. Ecoutez. Au vu des résultats, je ne peux plus financer l'opération Recherche du Barbon. Mais fais une recherche sur ce Dunleathe, et sur Paul Cushing, Sharon. » Sig jeta un coup d'œil sur sa cadette et haussa les épaules. « Toi, Bruce, tu as sauvé les meubles avec Bernard. Appelle-le sous un prétexte quelconque. Maman n'a pas joué son rôle comme on aurait aimé, mais donnons-lui une seconde chance. Et après, je jure devant Dieu que je ne lèverai plus le petit doigt pour elle. »

En ouvrant les yeux, Phyllis mit quelques instants à reconnaître l'endroit où elle se trouvait, et à reprendre ses esprits. Lorsque ça lui était arrivé, dans le passé, ça l'avait effrayée. Mais ce matin, car on était le matin, elle ne ressentait pas la moindre angoisse.

Où était-elle ? C'était davantage une énigme dont il fallait trouver la solution qu'un sujet d'inquiétude. Le lit était immense, les draps très doux — elle s'étira, bras au-dessus de la tête, en essayant de se rappeler ses rêves et de se situer. Un vague souvenir d'avoir dansé, et l'air qui lui trottait dans la tête était un vieux rock 'n' roll que chantaient toujours Bruce et ses copains, qui parlait d'une promenade au bord de la mer. Elle se sentait parfaitement bien.

Puis elle se réveilla pour de bon. Non. Ce n'était pas un rêve. Elle avait dansé toute la nuit avec Monty, le garçon qu'elle avait rencontré dans l'avion. Et Monty, contrairement à Ira, était un très bon danseur. Phyllis ferma les yeux. Elle avait mal aux jambes, aucun doute là-dessus, mais elle s'en moquait. Aux pieds, aussi. Son ampoule sur le talon droit ? Elle sourit. Aucune importance. Elle mettrait un pansement et prendrait une aspirine. Le jeu en valait la chandelle. Elle n'était pas encore morte et enterrée sous la Croisette.

Ses yeux tombèrent sur la vaste étendue blanche du lit. Et tout lui revint en mémoire. La suite au Pierre, le gala de bienfaisance... tout ce *megillah*. Elle tira le drap sur ses épaules. De quelle taille était donc ce lit ? Elle n'en avait jamais vu d'aussi grand. Il était plus grand qu'un Royal California. Ce devait être un Prince Pierre. Etre prince au Pierre, cela valait-il plus qu'être roi en Californie ? Dieu seul le savait ! Il y avait de la place pour la moitié de l'Armée rouge, dans ce lit. Elle se retourna, sans s'occuper de la douleur qui lui vrillait la hanche gauche, et regarda l'heure. Il était encore tôt. A cette heure-ci, en Floride, elle commençait sa promenade sur la Croisette avec Sylvia. A la place, aujourd'hui, elle s'emmitouflerait et descendrait la Cinquième Avenue pour admirer les vitrines de Noël pendant qu'il n'y avait personne. Elle mettrait les nouveaux gants en cuir marron qu'elle s'était achetés elle-même chez Bergdorf. Mais en attendant, peut-être bien qu'elle allait remonter les couvertures et dormir encore une petite minute…

La sonnerie tira Phyllis de son sommeil. Elle s'assit dans son lit. Qui cela pouvait-il bien être ? La femme de chambre ne venait jamais aussi tôt. Et les enfants n'étaient sûrement pas encore debout. A New York, pendant le week-end, on se levait tard. Phyllis sortit précautionneusement ses jambes du lit, attrapa le peignoir que l'hôtel disposait chaque soir au pied du lit et alla à la porte. On sonna encore avant qu'elle n'y soit, puis on frappa. Phyllis, en colère, oublia de regarder dans l'œilleton et ouvrit la porte à la volée. « Quoi ? Quoi ? s'écria-t-elle ? Qu'est-ce qu'il y a ? Un gigantesque bouquet de fleurs, plus grand que la plupart des *chuppahs* de noces, dissimulait presque Sylvia Schatz, debout dans le couloir du Pierre dans son jogging vert tout chiffonné. Par l'échancrure de la veste, Phyllis lut un extrait du logo « I Love New York » qui ornait le T-shirt de Sylvia.

« Tu es réveillée ?

— Je ne crois pas, dit Phyllis. Ce doit être un cauchemar.

— Charmant ! Tu ne me dis même pas bonjour, et tu me traites de cauchemar », se récria Sylvia en poussant Phyllis pour entrer dans la chambre, son sempiternel sac en cuir sous le bras et un cabas à la main. Elle laissa les fleurs dans l'entrée, posa le cabas sur une table basse, s'appropria un fauteuil tapissé de soie et s'y affala, son sac sur les genoux. « Voilà ! » dit-elle.

Phyllis prit les fleurs et se retourna vers son amie. « Depuis quand es-tu là ? Comment as-tu fait pour arriver si tôt ?

— J'ai pris l'avion hier soir. J'ai atterri à minuit moins le quart, mais je n'ai pas voulu te déranger.

— Où es-tu allée ?

— Nulle part. Je suis restée à l'aéroport.

— Tu as dormi dans un motel à La Guardia ? » s'étonna Phyllis. Sylvia n'avait pas l'habitude de jeter l'argent par les fenêtres.

« Non. Pourquoi un motel ? Je suis restée à l'aéroport. Dans un fauteuil.

— Tu as passé la nuit assise dans un fauteuil à l'aéroport ? »

Sylvia haussa les épaules. Phyllis éprouva un pincement de culpabilité en songeant à son grand lit. « Pourquoi ne m'as-tu pas appelée ?

— Je l'ai fait. Mais tu étais sortie. Donc je suis restée à l'aéroport. C'était très bien.

— Qu'est-ce que tu es venue faire ?

— Il fallait que je m'en aille.

— Pourquoi ?

— Je ne supportais plus la pression qu'on exerçait sur moi.

— Qui ça ?

118

— Ira. Ton mari. Tu le connais, non ? Il me répétait sur tous les tons : Sylvia, New York est une ville dangereuse et solitaire.

— Ira ne parle pas. Il est mort.

— Tu sais très bien ce que je veux dire.

— Je ne cours aucun danger, et je ne suis pas seule. »

Sylvia quitta son siège, comme si elle se levait de sa chaise longue au Pinehearst. Elle s'approcha lentement de la chambre à coucher. De la tête, elle montra la porte entrouverte. «Ne me dis pas que... tu sais...

— Evidemment que non. Pas encore, en tout cas.

— Tu l'envisages ? Berk !

— Je l'envisage.

— Berk ! » répéta Sylvia. Puis elle jeta un coup d'œil sur la suite. «Ben dis donc ! Quel luxe ! »

Phyllis hocha la tête, comme si elle était habituée à tout ça. «Les enfants y tenaient. Tu veux visiter ?

— Je ne dis pas non. »

Phyllis ouvrit plus grand la porte et montra à Sylvia le lit somptueux, les gigantesques placards, les quatre téléphones et la salle de bains princière au revêtement de marbre et de miroirs. «Alors, tu es venue pour quoi, en vérité ? » demanda Phyllis à Sylvia qui fouillait dans les shampooings et bains moussants.

Sylvia jeta un coup d'œil sur le miroir, puis baissa les yeux sur son T-shirt, sur son ventre rebondi et sur les sandales qu'elle portait encore — agrémentées, si tant est que ce soit le mot approprié — de grosses chaussettes rouge vif. «Je ne voulais pas passer les fêtes toute seule une fois de plus, avoua-t-elle tranquillement.

— Tes enfants ne devaient pas venir pour Noël ?

— Ils devaient. Mais ma belle-fille est tombée malade.

— Ils t'ont raconté des bobards. Tu y as cru ? Présente-la-moi, j'ai justement quelques dents à me faire arracher.

— Tu as un problème de dents ? » s'enquit avec sollicitude Sylvia, qui prenait tout au pied de la lettre.

Pauvre Sylvia ! se dit Phyllis. Sa belle-fille la détestait, et son fils laissait faire.

« Tu veux que je reparte ? dit-elle d'une toute petite voix. Je n'aime pas m'imposer, tu le sais.

— Bien sûr que non ! Tu es la bienvenue. Les enfants seront ravis de te voir. » Là, elle s'avançait sans doute un peu, songea Phyllis, mais on ne laissait pas quelqu'un passer les fêtes tout seul. « Viens, Sylvia, sors de la salle de bains. Installe-toi sur un canapé. A moins que tu ne veuilles t'allonger sur le lit ? » Sylvia fit non de la tête et se posa sur une chaise à dos droit, à côté de la table à thé.

« Je serai très bien là.

— Tu veux un petit déjeuner ?

— Non. J'ai mangé un bagel à l'aéroport. Je ne veux pas te déranger, Phyllis. J'irai habiter n'importe où.

— Où ça ? A l'hôtel ? Tu connais le prix des hôtels, à New York ? D'ailleurs, avec les fêtes, ils sont tous pleins. » Sylvia devait être au bout du rouleau, pour envisager de dépenser de l'argent. « Bon. Je vais commander des toasts, pour moi et pour toi. Avec du café et du jus de pamplemousse. Il est meilleur ici qu'en Floride. Je ne sais pas comment ils se débrouillent. » Phyllis décrocha le téléphone.

« Qu'y a-t-il pour votre service, madame Geronomous ? » dit une voix. C'était stupéfiant. Tout le personnel de l'hôtel l'appelait par son nom, alors qu'elle n'était là que depuis cinq jours.

«Un petit déjeuner pour deux», dit Phyllis, un peu gênée, comme si elle avait quelqu'un à cacher. Comme si... «Une de mes amies est passée me voir», se crut-elle obligée d'ajouter, sans recueillir le moindre commentaire de son interlocuteur.

«Ça doit coûter une fortune, d'être servie dans la chambre. A l'Holiday Inn, c'est deux dollars cinquante de plus. Sous prétexte qu'ils prennent l'ascenseur avec le plateau.»

Phyllis secoua la tête. «Pas ici. Il n'y a aucun supplément.» Non, il n'y avait pas de supplément, en effet : les prix étaient astronomiques dès le départ. Elle paierait ça de sa poche, il n'y avait pas de raison pour que Susan rembourse tous les frais. Devant le brave visage renfrogné de Sylvia, Phyllis se fichait bien de dépenser la totalité de son chèque mensuel. «La vie gagne parfois à être enjolivée, Sylvia. Après tout, c'est ton premier séjour à Manhattan depuis des années, non ?» Sylvia avait vécu à Queens[1], mais le cosmopolitisme n'était pas son fort. «Tu ne venais jamais en ville, n'est-ce pas ?

— Si. Je suis venue une fois, avec ma sœur, après la guerre.»

Pour Sylvia, il n'y avait qu'une guerre : la Seconde Guerre mondiale. Et tant pis pour la Corée, le Vietnam ou Tem-

---

1. Banlieue de New York (*N.d.T.*).

pête du désert. « Les choses ont pas mal changé, depuis. La guerre est finie. » Phyllis reprit le téléphone.

« Oui, madame Geronomous ? Vous désirez autre chose ?

— Une bouteille de champagne, s'il vous plaît. Je donne une petite fête. »

Chapitre 12

Date : 9 décembre 1996
De : Sharon @ chargée de mission
Sujet : Opération Recherche de Barbon
A Sig <Sis@sigmonde>
  Sig, je n'ai pas encore terminé mes recherches, mais selon
le *Forbes* de 1981 Montague Dunleathe serait l'un des dix
hommes les plus riches de Grande-Bretagne. Né en 1921.
Ecossais. A fait fortune dans le transport aérien. Proprié-
taire de la moitié du Montana. Marié pendant vingt-six ans
à une fille Guinness, morte en 89. Pas d'enfants...

Le message électronique n'était pas fini, mais Sig n'avait
pas besoin d'en lire plus. C'était incroyable ! Phyllis s'était
débrouillée pour dénicher et séduire un riche vieillard. Les
voies de Dieu, se dit-elle, étaient décidément impénétrables.
  Elle était d'humeur maussade, en ce lundi matin. Comme
presque tous les lundis matin depuis plusieurs mois. Le marché était nerveux, ou alors c'était elle qui l'était. Un de ses
collègues l'avait rembarrée et elle avait découvert que le
code de sécurité d'un de ses clients avait sauté. Il lui fau-

drait la matinée pour réparer l'erreur, pour un bénéfice de zéro dollar. Mais le message qui s'inscrivait sur son terminal était la première bonne nouvelle de la saison. Elle prit son téléphone pour appeler Bruce. « Houston ? dit-elle en entendant la voix de son frère, on a décollé.

— Tu es allée voir un festival Tom Hanks, petite sœur ? Il est marié, chérie, et heureux en ménage. Oublie Apollo 13. J'aurais dû le savoir, qu'on ne pouvait pas faire confiance à Sharon, grommela-t-il. Tu sais le nombre d'heures que j'ai passées à attifer maman pour ce bal de samedi ? Et tout ça pour que Bernard ait envie d'essayer sa robe ! Tu imagines ? Il m'a appelé trois fois depuis hier soir.

— Ne pense plus à Bernard. On a un fer au feu.

— Et il brûle pour moi ! Mais je n'aime pas les vieux.

— Bruce, je te parle de Montague Dunleathe. C'est un vrai nabab, et il a invité maman à sortir avec lui.

— Ne te fiche pas de moi. D'ailleurs, même si c'était vrai, elle se débrouillerait pour tout saccager.

— On ira à deux couples.

— Quoi ?

— On sortira à quatre. Je ferai tout mon possible pour limiter les dégâts.

— Je te souhaite bonne chance ! Autant essayer de maîtriser un tsunami.

— Qu'est-ce que c'est que ça ?

— Un raz de marée japonais, Sig. Incroyable ! Tu ne sais donc pas tout ? Bon. Je passerai à l'hôtel pour m'occuper d'elle et toi, tu tiendras les rênes. Pour une fois, c'est moi qui aurai le rôle le plus facile : déguiser une vache en...

— Bruce ! C'est ta mère !

— Je disais ça le plus gentiment du monde, Sig. Mais dis-moi, tu iras avec qui, toi ? Tu n'as pas eu un seul prétendant depuis la puberté de Ronald Reagan. »

Sig se résolut à ignorer sa remarque désobligeante. « Avec Philip », répondit-elle. Bien qu'elle ait rompu avec lui après qu'il lui avait avoué qu'il n'envisageait pas de faire sa vie avec elle, elle lui téléphonerait. Son orgueil en prendrait un coup, mais elle avait besoin d'un chevalier servant et il n'y en avait pas d'autre à l'horizon.

« Ah ! ton mort vivant.

— Bruce, lâche-moi, et sois au Pierre à trois heures. »

Il était huit heures moins le quart. On aurait dit qu'un tsunami avait ravagé la suite du Pierre. La chambre ressemblait à une plage jonchée d'objets vestimentaires rejetés par la mer. La salle de bains, où les maquillages s'étaient délayées sur le sol et le lavabo, tenait du tableau impressionniste. Sig, très austère dans une robe fourreau bleu marine, rangeait tant bien que mal le salon tout en écoutant sa mère et son frère se disputer dans la salle de bains. « Je ne remettrai pas ce collier de perles, hurlait Phyllis. Je n'ai aucune envie de ressembler à Nathan Lane dans *La Cage aux folles*.

— Tant que tu ne ressembles pas à Gene Hackman, tout va bien », répondit Bruce.

Sig fit le ménage tout autour de Sylvia Schatz, qui ne se leva pas de son siège. A quoi pensait donc cette vieille chouette ? Combien de temps allait-elle s'incruster ? « Vous devez être Susan, et vous Bruce», avait-elle dit en regardant Todd, qui était le plus efféminé, et voilà Sharon, bien sûr.

— Oui. La grosse», avait répondu Sharon d'un ton revêche.

Sig dépensait presque l'équivalent de la rançon qu'on aurait exigée de la fille de Crésus pour lui rendre son père, et on se serait cru dans un dortoir d'adolescentes. D'un coup de pied sournois, elle fit valser sous le canapé un sac de chez Bergdorf. Ils avaient passé l'après-midi à se chamailler avec Phyllis, qui voulait sortir telle qu'elle était. Elle avait fini par accepter de s'habiller, mais refusait de se faire chaperonner par Sig et son cavalier. Sig avait remporté cette bataille mais Phyllis avait alors porté la guerre sur un autre front : Bruce ne s'occuperait ni de ses cheveux ni de son maquillage. «On s'est connus dans l'avion, déclara-t-elle, péremptoire. Je lui plais comme je suis.» Pour qu'elle cède, il avait fallu que Bruce menace de se jeter par la fenêtre. Sig ramassa une brassée de journaux, ouvrit un placard et les fourra rageusement dedans. Puis elle jeta le sac habituel de sa mère, un cardigan roulé en boule et le reste du fouillis derrière un rideau. Avec Phyllis, rien ne pouvait être normal, facile ou sans douleur.

Même le coup de chance avec Montague Dunleathe menaçait de leur claquer dans les mains. Phyllis devait passer pour une femme séduisante, à l'aise financièrement, et plus ou moins facile à vivre. Tout est relatif. C'était une mission impossible, se dit Sig. Bruce n'était pas négatif, il était réaliste.

Elle inspecta la pièce. Les fleurs de chez Renny, cent soixante dollars au bas mot, était splendides. Sig remit de l'eau dans le vase et s'empara de la carte. «Vous m'avez fascinée. J'aimerais vous connaître mieux. Paul Cushing.» Sa mère fascinait un homme comme Paul Cushing? Elle écarquilla les yeux, stupéfaite, avant de regonfler les coussins du canapé. Puis elle sortit de son sac des magazines, *Town & Country, Forbes, Fortune* et le très anglais *Country Life,* qu'elle disposa négligemment sur la table basse, ainsi qu'un exemplaire du *Wall Street Journal* ouvert à la page des cotations, qu'elle laissa sur l'accoudoir d'un fauteuil.

Tout avait enfin l'air parfait, y compris Phyllis. Celle-ci apparut, en tailleur-pantalon beige de chez Saint Laurent, une écharpe Hermès nouée autour du cou. En songeant à ce que cela lui coûtait, Sig frémit d'horreur; mais, elle le reconnaissait, sa mère était d'une élégance sobre et raffinée. Quant à Bruce, il était la vivante incarnation du naufrage de l'*Hesperus*, ou un nom comme ça, le navire dont Phyllis parlait tout le temps.

«Alors, elle n'est pas chou?» demanda Bruce. Sig hocha la tête. «Merci, mon Dieu!» s'exclama Bruce en reculant dans la chambre à coucher. Il s'effondra en travers du lit. «Qu'on me fasse une transfusion de sang!

— Maman, j'ai à te parler, ordonna Sig en entraînant sa mère dans la salle de bains encombrée par la nouvelle garde-robe de Phyllis et les quelques nippes de Mme Schatz. Il ne faut pas abuser. Elle n'est pas censée habiter ici, déclara-t-elle d'un ton rogue.

— Qu'est-ce que ça veut dire : «pas censée»? Elle n'a pas d'autre endroit pour vivre.

— New York regorge d'hôtels, maman.

— Ma chambre lui convient très bien.»

Sig s'efforça de refréner une farouche envie de boxer sa mère. Elle était trop nerveuse, ça ne faisait aucun doute. L'horloge tournait et l'histoire avec Monty avait beau être prometteuse, Sig ne pourrait pas assumer très longtemps les frais de cette comédie ruineuse. La présence de Mme Schatz, qui ne bougeait pas de son fauteuil, son sac sur les genoux comme si elle était dans un autobus, n'était guère propice à l'harmonieux développement d'une histoire d'amour. Sa mère n'avait pas plus besoin d'une duègne qu'elle-même d'un chèque sans provision. « Cette chambre est pour toi, répondit-elle, du ton qu'elle aurait pris pour expliquer quelque chose à un enfant de quatre ans.

— Le lit est immense. Si elle ne ronflait pas, je ne me rendrais même pas compte qu'elle est là.

— Elle dort dans ton lit ? » La voix de Sig trahissait son frémissement d'horreur en imaginant les chairs flasques, les fesses molles, les jambes variqueuses, les mains arthritiques. Un jour, elle aussi… « Maman, je t'en prie, dis-lui de se louer une chambre quelque part. Si tu mets quelqu'un dans ton lit, autant que ce soit un homme. Cet endroit est un nid d'amour, pas un hospice.

— Je vous demande bien pardon, mademoiselle Je-sais-tout. Sous prétexte que c'est toi qui paies, tu crois que tu vas faire la loi chez moi ? Sylvia n'est peut-être pas un aigle, mais c'est la seule de mes amies qui ne se vexe pas quand je fais des plaisanteries. Elle m'a toujours intégrée à ses activités, même quand les autres ne voulaient pas entendre parler de moi, et que je n'avais pas grande envie d'y aller. Elle est fidèle et loyale. Tu n'as pas le droit… »

Sig se livra à une rapide opération de calcul mental. Si

elle n'avait pas trop d'argent de poche à donner à sa mère, elle pourrait maintenir le navire à flot jusqu'au nouvel an. Elle remit à plus tard le problème Sylvia Schatz.

«Comment ça va, avec Monty?» demanda-t-elle d'une voix aussi dégagée que possible. Comment questionnait-on sa mère sur le sérieux de ses intentions? A quel stade en êtes-vous, tous les deux? Au premier? Au second? Imaginer un rapport physique entre ces deux vieilles peaux était plus cauchemardesque encore que de visualiser Sylvia et sa mère au lit. Il serait peut-être souhaitable que les gens meurent à cinquante ans, se disait Sig, de leur belle mort, sans faire d'histoires. On ne pouvait être sûr que d'une chose : Monty n'irait pas trop loin tant que Sylvia Schatz ronflerait dans la chambre à coucher.

«Maman, Mme Schatz n'est pas chez elle, ici. Toi non plus, et moi non plus. Nous nous servons de cet endroit pour...

— Oh, Susan, Susan, ma pauvre Susan! Qu'est-ce que je vais faire de toi? La vie gagne parfois à être enjolivée. C'est ce que fait Mme Schatz. Comment veux-tu que je lui demande d'aller planter ses choux dans un motel bon marché? C'est mon amie, Susan. Et elle ne gâchera pas mes chances avec Monty, crois-moi.» Phyllis se regarda dans un grand miroir. «Il m'a connue avant que vous me déguisiez. Il m'aime comme je suis, défauts, permamente et amies compris. D'ailleurs, je respecte mon contrat. J'ai vu Monty deux fois depuis le gala. On a déjeuné ensemble, on est allés faire nos achats de Noël. Nous avons un cadeau pour toi, ajouta Phyllis, qui voulait prouver à Sig que Monty serait un bon père pour elle.

— Je n'ai pas besoin de cadeau. Je ne veux qu'une chose : que Monty te demande en mariage.

— Est-ce que beaucoup d'hommes t'ont proposé de t'épouser, toi ? Pas que je sache, répliqua vertement Phyllis. Je fais de mon mieux ! C'est toujours moi qui me tape les corvées, sur cette terre ! » Sur ces paroles, Phyllis s'assit et croisa les jambes. Sig se prit à réviser son opinion sur les lois de Mendel. Elle tenait incontestablement de sa mère.

« Je sors avec Monty parce que ça me fait plaisir à moi. Mais il aurait une bonne influence sur vous. C'est un homme qui a du bon sens et qui assume ses responsabilités. J'ai besoin de mon sac », ajouta-t-elle en se levant et en retournant dans sa chambre.

On sonna à la porte. « Je vais ouvrir », dit Sig en fermant la porte de la chambre à coucher sur son frère. Phyllis hocha la tête et voulut s'asseoir sur le canapé.

« Ne t'assieds pas, cria Bruce de loin, tu va froisser ton pantalon.

— Quel casse-pieds ! s'exclama Phyllis.

— C'est celui qui le dit qui y est ! hurla Bruce.

— Ça suffit, vous deux », les reprit Sig qui, comme d'habitude, avait l'impression d'être la seule adulte de l'assemblée. Elle s'inspecta un instant dans un miroir, aplatit une mèche qui rebiquait et alla ouvrir.

Montague Dunleathe se tenait devant elle, dressé sur ses ergots. Il lui prit la main et la secoua énergiquement. « Bonjour, bonjour », s'exclama-t-il, jovial, avec son charmant accent anglais.

Sig l'invita à entrer en espérant qu'il remarquerait les petites touches de raffinement qu'elle avait semées de-ci, delà. Mais il n'avait d'yeux que pour sa mère. « Phyllis ! Vous êtes à croquer !

— Il est un peu trop tôt pour ce genre de familiarités », répondit Phyllis. Sig se demanda si elle allait s'évanouir ou étrangler sa mère. Elle entendit son frère hoqueter dans la chambre. Lui aussi, elle l'aurait volontiers étranglé, dans la foulée. Mais Monty, ravi, semblait se délecter de l'humour grotesque de sa mère. Il s'assit en gloussant.

« A propos, dit-il, qu'est-ce qui est petit, rond, vert, et monte et descend ? » Il patienta un instant et, voyant qu'on ne répondait pas à sa question, il s'esclaffa : « Un petit pois dans un ascenseur ! » dit-il en se tapant sur les cuisses.

Sig entendit un autre hoquet en provenance de la chambre à coucher et envisagea une fois de plus le fratricide. Un coup de sonnette l'en délivra. Elle alla ouvrir à Philip. C'était un homme de haute taille au costume strict, totalement dénué du sens de l'humour. « Philip Norman, dit-elle en le présentant à Monty.

— Je ne m'appelle pas Norman », fit Monty.

La réplique n'arracha pas un sourire à Philip. « Non, c'est moi. Norman est mon nom de famille.

— Oh ! Un Norman de la famille Norman ! Quel honneur !

— Vous devez confondre, je m'appelle Philip Norman.

— Je vous ai dit que je ne m'appelais pas Norman », répéta Monty. Phyllis gloussa. Bruce aussi, dans la chambre.

Philip regarda la porte, l'air intrigué. « Ce n'est que Mme Rochester, dit Sig. Elle est dans une autre aile du manoir, avec Jane Eyre. Aucune importance. » Sig regarda l'heure. «Nous allons être en retard, dit-elle. Pendant les fêtes, c'est bondé. On ne nous gardera pas notre table.»

«Vous savez pourquoi il faudrait enterrer tous les avocats à cent pieds sous terre? demanda Monty.

Phyllis se pencha vers lui. «Non. Pourquoi?

— Parce que, au fond, ils sont sympathiques!»

Philip Norman, qui était avocat chez AT&T, sourit jaune. «Vous êtes dans quel cabinet, déjà? s'enquit Monty. Bandit, Racail et Scrok?»

Phyllis hurla de rire. «Non, je crois que c'est Fermlagh et Boss.»

Monty rugit de plaisir. «Encore un peu de champagne?» proposa-t-il à la cantonade.

Ils avaient dîné au café Luxembourg, un endroit plus bruyant et tapageur que ceux que fréquentait d'ordinaire Sig, mais qui présentait quelques avantages : primo elle n'avait pas à se sentir gênée par les propos de sa mère et de Monty; deuzio, si Philip se décidait à ouvrir la bouche, on ne l'entendrait pas. Et enfin, ici personne ne la verrait avec lui, ce qui sauvegardait son orgueil. Ils avaient presque terminé leur repas, on leur avait servi le café, et Sig commençait à se dire que le jeu en valait peut-être la chandelle.

«Plus pour moi, dit-elle à Monty qui s'apprêtait à lui remplir son verre. Il y a des gens qui travaillent, demain matin.»

Incrédule, Sig constatait que Monty et sa mère s'entendaient comme larrons en foire. Ça se comprenait, en un sens. Ils étaient aussi extravagants l'un que l'autre.

«Pour moi non plus, protesta Phyllis. Je vais avoir une migraine terrible demain matin.

— Ce n'est pas le champagne qui donne la migraine, c'est la frustration sexuelle.

— Je ne crois pas que ce soit mon problème», dit Phyllis. Mais il brilla dans ses yeux une lueur qui inquiéta Sig et encouragea Monty.

«Je ne voudrais pas me montrer présomptueux, mais j'ai une solution. Dans mon pantalon.

— Pour quelle raison les hommes ne veulent-ils pas comprendre qu'excepté leur urologue, personne ne s'intéresse à leur pénis ? répliqua Phyllis.

— Je fonde ma conviction sur les sondages d'opinion, se vanta Monty. Vous savez la ressemblance qu'il y a entre un serpent à sonnette et un zizi de cinq centimètres ? »

Phyllis haussa les épaules.

— Personne ne veut baiser avec eux ! » s'esclaffa Monty.

Phyllis ne put s'empêcher de rire, mais elle se reprit rapidement. «Personnellement, je n'ai pas la moindre envie de me retrouver nez à nez avec un quelconque harnachement viril.»

Ce refus aiguillonna Monty. «C'est la première fois en trente ans qu'on repousse mes avances, avoua-t-il.

— Il faudra vous y faire», rétorqua Phyllis. Mais Sig voyait bien que le truculent Ecossais plaisait à sa mère.

Elle se demanda combien de temps durerait leur chance.

Chapitre 13

LA première soirée de Hanouka était passée. Avant la naissance de Jessie et de Travis, le frère et les deux sœurs n'avaient guère respecté les traditions mais désormais ils achetaient des cadeaux. Quel dommage, regrettait Sig, que cette fête, qui n'avait pas de date fixe, ne tombe jamais après Noël. Elle aurait pu profiter des soldes. En fin de journée, elle devait montrer son appartement à Cornelia Warren, un agent immobilier côté, aller faire quelques courses, passer voir sa mère et assister au détestable mais obligatoire dîner de Noël de sa société. C'était toujours une corvée, mais cette année ce serait une torture. Le repas avait lieu dans le genre d'endroit que Sig haïssait : un restaurant de grillades du quartier de Wall Street, lambrissé de bois, au décor faussement rustique.

Elle quitta son travail assez tôt, rentra dans ses pénates, se doucha, s'habilla et se sécha les cheveux. Puis elle retira trois cents dollars dans un distributeur automatique en bas de chez elle et se lança dans la mêlée, résolue à faire ce qu'elle avait à faire.

Quarante minutes plus tard, elle sortait de chez FAO Schwarz, les mains vides et vaguement nauséeuse. Elle avait repéré un panier avec une maman chatte et ses trois chatons, qu'elle avait failli acheter pour Travis. Puis elle avait vu le prix. Deux cent soixante-dix dollars. Jessie était en pleine période Barbie, mais elle en avait tellement que pour être sûre de pas faire un doublon, Sig aurait dû lui acheter celle qui venait de sortir pour les fêtes. Pas question de mettre cent vingt-cinq dollars dans une poupée en plastique. Qui avait tant d'argent à gaspiller ? Qui étaient ces gens ? se demandait Sig. Le magasin était bondé et Sig, le teint rehaussé d'un reflet verdâtre, en sortit avec ses trois cents dollars intacts et sa fierté en miettes.

Elle parcourut tout naturellement les deux blocs qui la séparaient du Pierre, soi-disant pour voir si tout allait bien pour sa mère. En fait, elle savait qu'elle avait autant besoin de réconfort que de se tenir au courant de la situation. Sa mère n'était pas du genre consolateur, mais elle était solide comme un roc, et c'était bien ce qui manquait le plus à Sig, ces temps-ci : un peu de solidité. Le temps d'arriver à la suite, elle avait récupéré ; bien lui en prit car, comme d'habitude, Phyllis était trop absorbée par ses propres préoccupations pour remarquer son état.

« Qu'est-ce que tu fais, ce soir ? lui demanda Sig avec un brin d'envie.

— Monty va passer. On sortira peut-être dîner, ou on se fera monter quelque chose ici. »

Pourvu qu'ils sortent ! songea Sig. Un dîner au Pierre, c'était trois cents dollars au bas mot, sans le vin. « Et vous, madame Schatz, quels sont vos projets ? interrogea Sig sans plus de façon.

— Oh, je ne vais pas bouger. J'ai un truc à lire. » La vieille dame sortit un exemplaire roulé de *Maturité aujourd'hui* de la poche de son vaste chandail. Pour la deuxième fois en moins d'une minute, Sig envisagea d'étrangler une femme du troisième âge jusqu'à ce que mort s'ensuive.

Elle aurait dû proposer à Mme Schatz de l'accompagner au dîner de sa société, pour qu'elle débarrasse le plancher. Comment Monty pourrait-il entamer ses travaux d'approche avec Sylvia Schatz dans ses pattes ? Cette femme n'avait donc pas le moindre tact ? « On pourrait peut-être se retrouver au bar pour prendre un verre après dîner ? » proposa-t-elle à sa mère. Si elle attirait Monty et sa mère au bar, il se passerait peut-être quelque chose. Et Sylvia Schatz irait au lit.

« Je ne bois jamais aussi tard », répondit Mme Schatz à Sig ; puis elle ajouta, en baissant la voix : « Ou alors il faut que je me lève au beau milieu de la nuit. Sinon... vous voyez ce que je veux dire... »

Sig ne voulait pas voir. Elle ne voulait même pas y penser. Quand serait-elle rattrapée par l'incontinence sénile ? Grands dieux ! Elle devenait morbide ! C'était à cause des fêtes. Ça lui faisait toujours le même effet. Elle regarda l'heure. Voilà qu'elle était presque en retard pour le dîner ! « Je rentrerai tôt. Amuse-toi bien avec Monty, dit-elle en s'adressant à sa mère.

« Nous n'y manquerons pas », répondit Sylvia.

Sig avait réussi à éviter son patron pendant toute la soirée. Si elle lui en avait donné la moindre occasion, il aurait recommencé sa litanie : elle n'avait pas déniché un seul nouveau client depuis des mois, elle ne se décarcassait pas assez, il n'y aurait pas de prime pour Noël cette année, etc. Insupportable. Mais elle n'avait pas pu échapper aux vantardises de ses collègues. Les agents de change tenaient beaucoup des pêcheurs à la ligne : ils avaient tendance à grossir leurs prises. Et à mentir effrontément. Deux raisons à cela : caresser leur ego, et faire bisquer leurs interlocuteurs.

Sig était bien placée pour savoir qu'ils mentaient : elle vérifiait les mouvements chaque semaine. Elle savait qu'elle était loin d'être la seule à peiner sous le harnais. Mais comme elle était plus âgée que la plupart d'entre eux, la seule femme, et qu'elle avait toujours accompli des miracles, l'enjeu était plus important pour elle que pour les autres.

Elle passa tout le dîner à s'entretenir joyeusement avec son voisin tout en souriant aux anges de temps à autre. Elle espérait donner l'impression d'être trop heureuse pour prêter attention à qui que ce soit d'autre. Lorsqu'on en fut au dessert, elle soupira de soulagement et quitta la table.

Dans son taxi, elle put enfin se détendre. Elle se demandait ce que faisait sa mère, qui avait certainement passé une meilleure soirée qu'elle.

Le trajet fut long : c'était l'heure des embouteillages provoqués par la sortie des théâtres. En traversant la rotonde du Pierre pour se rendre au bar, Sig consulta sa montre. Presque onze heures et demie. Trop tard pour téléphoner dans la chambre de sa mère. Pourtant, Sig éprouvait la lancinante, la ridicule envie de se réfugier dans…

«Bonsoir! Que faites-vous ici?» Sig leva les yeux sur ceux, très bleus, d'un vieux monsieur qu'elle ne mit qu'un instant à reconnaître. Paul Cushing, leur voisin de table au Wonderland Winter Ball.

«Et vous? demanda Sig.

— Je chaperonne Wendy, dit Paul. Vous n'avez pas répondu à ma question.

— Mettons que je chaperonne ma mère, dit Sig en riant. Elle habite ici; elle vous l'avait dit, je crois?» ajouta la jeune femme en songeant aux fleurs qu'il avait envoyées. Cet homme lui inspirait assez confiance pour qu'elle lui avoue une partie de la vérité. «En fait, le personnage qu'elle a rencontré l'autre soir m'inquiète un peu.»

Paul Cushing sourit. «On ne se méfie jamais assez, de nos jours. Il faut protéger les petites-filles et les mamans.» Il baissa la voix. «Voulez-vous que je fasse faire une petite enquête sur lui? J'ai un service qui se charge de ce genre de choses.

— Vraiment? Seriez-vous un peu paranoïaque?

— Peut-être, dit Cushing en haussant les épaules. Mais depuis la mort de mon fils et de ma belle-fille, il ne me reste que Wendy. Je la surprotège, en effet, mais c'est une riche héritière. Ce n'est pas facile d'élever une adolescente à notre époque.

— Ni plus ni moins qu'avant, à mon avis. Mais ce n'est pas une consolation! Je suis navrée, au sujet de votre fils et de votre belle-fille, ajouta Sig.

— Il buvait et il conduisait. Je me sentirai toujours coupable d'avoir été incapable de l'en empêcher. Mais je remercie le ciel de m'avoir laissé Wendy, qui a survécu à l'accident. » Ils se turent quelques instants. « Je vous offre un verre ? »

C'était quelqu'un de gentil, se dit Sig. Et pas aussi vieux qu'elle ne... Bref, une figure paternelle parfaite. « Montons plutôt le boire dans la chambre de maman », proposa impulsivement Sig. Phyllis l'avait agressé, mais cela n'avait pas semblé lui déplaire. Peut-être qu'il s'ennuyait, ou que c'était un masochiste. Comment savoir ?

« Volontiers, dit Cushing. Je dois avouer que j'admire l'étroitesse de vos liens familiaux. C'est rare de voir des gens s'entendre aussi bien.

— Oui », dit Sig avec un petit sourire, rappelée à son devoir de réserve. Puis elle eut un coup de génie. « Accepteriez-vous de venir dîner chez moi, après-demain pour l'anniversaire de maman ?

— Avec plaisir. Pourrais-je amener Wendy ? Elle a hélas peu d'occasions d'assister à des fêtes de familles.

— Bien sûr. »

Il lui tendit sa carte et ils prirent l'ascenseur. La jeune femme avait la clé de la suite, elle ouvrit la porte sans faire de bruit. Inutile de déranger sa mère si Monty était rentré chez lui. Mais un rai de lumière filtrait sous la porte du salon, et l'on entendait des voix. En approchant, elle reconnut celle de sa mère. « Oh ! Jolie combinaison !

— Vous avez dit qu'on pouvait mettre deux jokers, fit une voix brusque.

— Mais ça compte moins de points », dit Mme Schatz. Sig entra dans le salon sur la pointe des pieds, suivie par

Paul Cushing. Puis elle se figea sur place. « Vous n'avez plus le droit d'enlever votre carte », intervint une voix contrariée.

Sa mère, Monty, Bernard Simples et Mme Schatz étaient assis autour de la table qui servait de desserte aux serveurs. Le plus effrayant, c'était la pile d'objets vestimentaires et de chaussures posée au beau milieu, et la vision de Monty, nu jusqu'à la ceinture. Sig mit un instant à s'apercevoir que Mme Schatz était pire que nue : elle avait enlevé ses chaussures, ses bas, son chandail, ses lunettes et sa robe. Elle trônait sur son siège, enveloppée d'une sorte de combinaison en nylon sous laquelle on devinait un genre de corset à baleines. Le regard de Sig tomba sur les bretelles et les divers crochets, et elle hurla. « Il n'y a pas que les cartes qu'on ne devrait pas avoir le droit d'enlever.

— Oh, mon Dieu ! La main de Mme Schatz se posa sur son cœur volumineux. Vous m'avez fait peur.

— Mais qu'est-ce que vous fabriquez, pour l'amour du ciel ? demanda Sig aux quatre mécréants.

— On joue au strip-canasta, expliqua Monty. Votre mère m'a fait perdre ma chemise ! »

Le regard de Sig erra de la poitrine velue et grisonnante de Monty à sa mère, calmement assise, ses cartes étalées devant elle, et qui n'avait même pas ôté une boucle d'oreille. Rien de tout ce qui était posé sur la table ne lui appartenait, Dieu merci ! Qu'allait penser Paul Cushing ? Au spectacle de ces délinquants sur le retour, Sig eut l'impression de perdre la raison. Elle ne savait pas si elle devait rire ou pleurer : aucune des deux solutions ne lui paraissait bonne. « Qui a eu cette idée ? » demanda-t-elle d'un ton accusateur.

Mme Schatz leva tranquillement les yeux. Avec son corset, ses innombrables bretelles et ses couches superposées de lingerie variée, on aurait dit qu'elle portait plus de vêtements qu'avant. Pas étonnant que son mari l'ait quittée. Il y avait plus de ferraille dans ses diverses armatures que sur le pont du Golden Gate ! «Moi, dit-elle modestement, comme si elle s'attendait à des compliments. Et comme il nous manquait un quatrième, on a téléphoné à Bernard.» Puis elle eut un hoquet. Il y avait trois verres de whisky vides devant elle. Avait-elle bu ?

«Et qui a suggéré les enjeux ? demanda Sig.

— Sylvia déteste jouer à l'argent, répondit calmement Phyllis. Alors Monty a proposé un strip, comme au poker. Comme il n'avait jamais joué à la canasta et qu'il ne porte pas de bijoux, on lui a donné un handicap.

— Je viens d'y laisser mes boutons de manchette de chez Cartier, s'esclaffa Bernard Simples, qui avait l'air de s'amuser beaucoup plus qu'au Wonderland Winter Ball. Je n'avais pas joué à la canasta depuis la mort de maman.»

Sig tourna un regard courroucé sur Monty. «C'est vous qui leur avez proposé de jouer au strip-canasta ? fit-elle, incrédule. La prochaine fois ce sera quoi ? Le jeu de la vérité ?

— Comment y joue-t-on ? demanda Monty, visiblement intéressé. Je n'en ai jamais entendu parler à Glasgow.»

La peau de son cou pendouillait sous son menton et venait mourir quelque part sur sa poitrine. Sig n'osa pas regarder où. Il était mal rasé; la broussaille de ses sourcils évoquait la chevelure de Brooke Shields égarée dans l'œil d'un cyclone. Vieillir était horrible. Répugnant. Dégradant. Humiliant.

Sig se promit d'aller deux fois plus souvent à ses séances d'aérobic et de perdre deux kilos. Elle ne laisserait pas sa peau se flétrir, sa chair devenir flasque, elle ne traînerait pas des pieds en marchant. Plutôt mourir. Elle regarda sa mère.

«Tu as passé une bonne soirée?» lui demanda Phyllis.

Chapitre 14

SYLVIA était allongée sur le canapé, un verre de Maalox à la main, un sac en plastique rempli de glaçons sur le front. Phyllis trouvait le spectacle hilarant, mais s'efforçait de ne pas sourire. Pauvre Sylvia ! Elle payait cher ses écarts. Mais, du point de vue de Phyllis, l'alcool lui améliorait tellement le caractère que cela en valait largement la peine. La nuit dernière, elle avait révélé un aspect inconnu de sa personnalité que Phyllis avait apprécié. Elle soupçonnait Monty et Bernard d'avoir eux aussi goûté la transformation. « Il va falloir que tu te lèves, Sylvia. Sig et Sharon ne vont pas tarder à venir te chercher pour les préparatifs de la soirée de demain. Elles ont l'intention de mettre les petits plats dans les grands. » Sylvia remit le sac de glaçons en place. « Alors, dit Phyllis avec un sourire perfide, de quoi as-tu envie, pour le déjeuner ? Des œufs brouillés au fromage ? Ou des œufs Benedict, peut-être. La sauce hollandaise est divine !

— *Oy gevalt !* Je dois couver la grippe, dit Sylvia d'un ton plaintif. Je crois que je ne pourrai rien avaler.

— C'est peut-être un malaise matinal, s'esclaffa Phyllis.

— Ça n'a rien de drôle !

— Mais je ne plaisante pas. Tu as passé une sacrée nuit. Trois whiskies !

— Je ne me rappelle plus rien. Mais il me semble qu'on a perdu, Monty et moi.

— Vous aviez envie de faire canasta ensemble, voilà tout.

— Ne sois pas vulgaire, s'il te plaît. D'ailleurs, c'est *ton* petit ami. »

Phyllis haussa les épaules. C'était bizarre : Monty était chauve et moche. Son nez couperosé dénonçait ses excès. Il était petit, il avait un gros ventre, mais quand il avait enlevé sa chemise, Phyllis avait ressenti comme un… un je-ne-sais-quoi… très indéfinissable. Sa poitrine était couverte de poils gris. Il avait autant de seins qu'elle. Et pourtant, elle n'avait pu s'empêcher de se demander quel effet ça lui ferait de coller son buste au sien.

« Excuse-moi. Ça ne me regarde pas, mais… »

Chaque fois que Sylvia allait fourrer son nez dans les affaires des autres, elle commençait sa phrase par ces mots. Phyllis sourit. Pourquoi donc, se demanda-t-elle, tolérait-elle avec autant d'indulgence les travers de Sylvia, alors qu'elle ne passait rien à Susan et à Sharon ?

Sylvia se racla la gorge avec un bruit qui ressemblait au râle du lave-vaisselle de Phyllis, juste avant de rendre l'âme. « Si tu continues à le voir, ce Monty, surtout en pleine nuit, tu sais ce qu'il va s'imaginer ?

— Que je suis un vampire ?

— On ne peut jamais parler sérieusement avec toi. Mais j'ai quelque chose à te dire, et tu vas m'écouter : il va s'imaginer que c'est ce que tu cherches, et tu n'auras plus que tes yeux pour pleurer.

— Ce que je cherche ? s'étonna Phyllis, qui se demanda si Sylvia avait surpris une conversation entre ses enfants. Et je chercherais quoi, s'il te plaît ?

— Tu sais bien.» Sylvia baissa la voix. «Du S-E-X-E, épela-t-elle.

— Et alors ?

— Comment, et alors ? Il risque de te demander de le faire. Tu sais, Oscar Bernstein ? Il a demandé à Natalie Schwartz de le faire avec lui, un mois après qu'ils avaient commencé à sortir ensemble. C'est elle qui me l'a raconté. Elle était horrifiée. D'abord, il lui a fourré la langue dans la bouche et puis…» Sylvia baissa encore la voix et se pencha en avant. Elle but une gorgée de Maalox pour se donner du courage. «Il lui a demandé de… d'embrasser son zizi, murmura-t-elle avant de se laisser retomber sur le canapé. Brrr…

— Monty m'a déjà fourré la langue dans la bouche, Sylvia.

— Tu vois ? Je m'en doutais ! Mon Dieu ! Il faut arrêter les frais, immédiatement. Monty n'est pas un homme comme Bernard : il se conduit comme un gentleman, lui. Mais ce Monty… A mon avis, il a drogué nos verres !

— Vraiment ?»

Phyllis plaisantait, mais Sylvia prenait la situation très au sérieux. «Il n'est pas trop tard, Phyllis. Il faut étouffer l'oiseau dans le nid.» Elle se redressa, serra son sac sur sa poitrine. «Vois-le à déjeuner. Pendant la journée. Mais jamais la nuit. Sinon, ce genre d'homme se fait des idées.»

Phyllis secoua la tête. « Mais, Sylvia, c'est moi qui ai des idées… Ça m'a plu, quand il m'a embrassée.

— Avec la langue ? Il t'a embrassée avec la langue et ça t'a plu ? Tu es folle, ma parole ! Bientôt, tu vas me dire que tu manges des escargots ! Je te préviens, Phyllis, tu joues avec le feu. Qu'est-ce que tu vas faire, quand il voudra aller plus loin ?

— Je prie, Sylvia ! Je prie pour que ça arrive. J'ai envie de faire l'amour avec lui. Je l'aime bien. » En prononçant ces paroles, Phyllis s'aperçut que c'était vrai.

« Moi aussi, j'aimais bien Sid. Mais ça ne veut pas dire que ça, ça me plaisait. »

Phyllis ne répondit pas immédiatement. Elle savait qu'elle était différente de la plupart des femmes qu'elle avait connues, mais cette fois-ci, avec Sylvia Schatz, le fossé se transformait en abîme. « Qu'est-ce que tu es exactement en train de me dire, Sylvia ? Que tu n'aimais pas faire l'amour avec ton mari ?

— Comment peut-on aimer ça ? Son machin… écarlate. Et ce qui va avec, tout ridé, à ballotter, comme les bajoues du président Nixon. » Sylvia frissonna et termina son verre de Maalox. « Tu te rappelles comme ses bajoues tremblaient quand il parlait ? Rien que pour ça, ils auraient dû le destituer ! Chaque fois que je le voyais parler, je pensais à Sid et à ses… » Sylvia grimaça de dégoût. « Qu'est-ce qui peut bien passer par la tête d'un homme, pour qu'il ose mettre un truc pareil sous le nez de quelqu'un ? On appelle ça les parties intimes, il y a bien une raison ! »

Phyllis pensait à Monty, à sa façon de poser ses mains sur son épaule et son dos quand ils dansaient. C'était un très bon danseur. Elle avait toujours considéré que cela impliquait un certain... potentiel. Non qu'elle eût jamais mis sa théorie à l'épreuve. Elle n'avait couché qu'avec Ira. Mais il lui était arrivé d'y penser. Pas souvent. Par exemple la fois où Ira et elle étaient partis en vacances avec Kitty et Norman Steinberg et qu'elle s'était rendu compte que Norman s'intéressait à elle.

Ira n'avait jamais été un bon danseur, il avait quitté la piste bien avant sa maladie de cœur. Et dès qu'elle fut diagnostiquée, finies les galipettes. A quel moment avait-elle été diagnostiquée, déjà ? Phyllis se demanda un instant de quand dataient ses dernières relations sexuelles avec Ira. Certainement pas pendant la dernière décennie. Quant aux années quatre-vingt, elle n'en était pas très sûre non plus.

Si ses souvenirs étaient exacts, cela avait dû se passer au lac George, pendant l'été 79. Si elle avait su que c'était la dernière fois, elle aurait été plus attentive. Phyllis soupira en évoquant le soleil qui entrait par la fenêtre de la chambre d'hôtel et Ira au-dessus d'elle. Elle aimait quand Ira lui prenait les seins dans ses mains. Ils tombaient déjà, à l'époque, mais ça n'avait pas l'air de le gêner. Il l'avait toujours traitée avec tendresse. Quand elle était jeune, et qu'elle avait les cheveux longs, Ira lui enlevait ses épingles une à une, et ses cheveux, libérés, descendaient jusqu'à sa taille. Il n'était peut-être pas très inventif, mais il avait toujours été très affectueux.

Phyllis secoua la tête. Maintenant, c'étaient ses seins qui descendaient jusqu'à sa taille et ses cheveux étaient courts. Comment Monty, qui n'était pas lui-même un apollon, trouverait-il son corps ? Que penserait-elle du sien ? Elle ne se berçait pas d'illusions sur son physique, mais quand elle avait aperçu son poitrail velu, quand il l'avait serrée contre lui sur la piste de danse, elle avait senti un tressaillement aux anciens endroits. Le rouge lui monta aux joues. A presque soixante-dix ans, ce genre de pensées, ce genre de sensations étaient ridicules. Mais assez agréables.

Phyllis regarda son amie Sylvia, dont la séparait désormais un abîme profond comme la mort. Bien qu'elle fût parfaitement consciente du grotesque de la situation, les pointes de ses seins fourmillaient de frémissements dont elle avait perdu jusqu'au souvenir. Et en bas, plus bas... c'était... vivant. Ces sensations-là, on ne les oubliait peut-être jamais. Comme, soi-disant, on n'oubliait jamais comment monter à bicyclette. Puis il lui vint à l'esprit qu'elle n'avait jamais appris à faire du vélo, et elle sourit. Ces sensations étaient plaisantes, dommage que Sylvia ne les éprouvât pas. Ces zones si sensibles de son corps n'incarnaient-elle pas la vie?

Sylvia parlait toujours. Phyllis se força à écouter son amie, qui lui faisait la leçon. «D'ailleurs, tu sais bien que maintenant c'est dangereux, disait Mme Schatz. Pense aux conséquences.

— Quelles conséquences? Des malaises matinaux, comme toi? Se retrouver enceinte?

— Très drôle! Non. Je te parle du sida. On en meurt, tu sais.»

Phyllis regarda Sylvia dans les yeux. «Je vais avoir soixante-dix ans, Sylvia. Je mourrai de toute façon. Mais je vivrais volontiers encore un peu avant.»

Sharon et Sig vinrent chercher Mme Schatz au Pierre pour l'emmener chez Sig, où elle devait les aider à tout préparer pour la soirée du lendemain. C'était le seul moyen qu'avait imaginé Sig, qui espérait la convaincre de passer la nuit dans son appartement, pour que Monty et sa mère aient un peu d'intimité. La vieille dame avait proposé de confectionner le gâteau d'anniversaire et Sig avait accepté. Non par souci d'économie, bien qu'une pièce montée de pâtissier coutât une fortune, mais pour profiter de cette occasion d'inaugurer son four. Sharon, placide comme d'habitude, n'avait qu'un souci : affronter Hanouka et Noël sans que les enfants soient trop déçus par leurs cadeaux, et sans jeter Barney dehors.

« Vous êtes prête ? » demanda Sig. Monty allait arriver d'un instant à l'autre pour emmener Phyllis.

« Pssst…, dit Mme Schatz pour attirer l'attention de Sig, en enfilant son manteau dans l'entrée de la suite. Ce Monty n'est pas quelqu'un de bien, vous savez. Il s'est montré entreprenant avec votre mère, murmura-t-elle. Heureusement que j'étais là !

— Entreprenant ? Comment cela ? demanda Sig, le cœur battant, l'estomac noué.

— J'ai entendu un bruit. Je dormais presque, mais j'ai entendu un bruit. Donc je suis sortie de la chambre. Et je les ai vus, sur le canapé. Il essayait de… Il se montrait entreprenant, quoi… », répéta-t-elle.

Ce fut le moment que choisit Phyllis, vêtue d'un ensemble en maille et d'une toque assortie, pour faire son apparition. Sig fronça le sourcil. « Je sais, dit Phyllis. Le chapeau ! C'est

Bruce qui m'a obligée…» Sig se demanda quel était le prix du chapeau, elle se demanda aussi s'il lui irait aussi bien qu'à sa mère. «Il a tellement insisté! Et Monty aime les chapeaux.»

Il se montrait entreprenant, et elle voulait lui plaire? Prometteur, se dit Sig.

«Ce chapeau est adorable, dit Sylvia, et toi aussi.

— Tu comprends pourquoi je la fréquente encore?» demanda Phyllis à sa fille.

On frappa à la porte. «Il est en avance, dit Sig. C'est bon signe.

— Ça ne peut pas être Monty. Il aurait sonné. Ce doit être une des femmes de chambre.»

En ouvrant la porte, Sig, déconcertée, se trouva nez à nez avec son frère, Todd et Bernard Simples. A sa connaissance, Bruce et Simples ne s'étaient pas revus depuis le lamentable fiasco du gala de bienfaisance. Que faisait Bernard ici? Todd semblait se poser la même question, car il s'accrochait à Bruce d'une façon possessive. Bruce sourit et l'embrassa sur la joue.

«Salut, dit Bruce le plus naturellement du monde en passant devant Sigourney, suivi de Todd et de Bernard. «Bonjour Sylvia, bonjour maman. Penché, le chapeau», ajouta-t-il en s'approchant de sa mère pour, d'une chiquenaude, en rectifier l'inclinaison. L'entrée était bondée. Bruce se glissa dans le salon. S'il s'asseyait, plus personne ne partirait, se dit Sig. Il se laissa tomber sur le canapé.

Mais qu'est-ce qui se passe, bordel? se demanda Sig. «Bruce, tu peux venir un instant? dit-elle en prenant la direction de la chambre.

— Pas maintenant, je t'en supplie ! Je suis épuisé !

— Immédiatement », fit Sig du ton qu'elle employait pour le tirer du lit quand il allait à l'école — le ton qui précédait tout juste le broc d'eau froide. Il n'y résista pas. Lorsque la porte de la chambre fut refermée sur eux, Sig se déchaîna. « Qu'est-ce qui se passe, bordel ? Pourquoi as-tu amené ce type ici ?

— Il m'a téléphoné. Il m'a invité à une signature de son livre. J'en ai acheté un, et je lui ai proposé de monter prendre un verre.

— Tu es cinglé, ma parole ! Monty doit arriver dans dix minutes et tu ramènes Bernard ? J'organise une demande en mariage, pas une orgie du troisième âge.

— Détends-toi, Sig ! Détends-toi. Ce n'est pas une opération à cœur ouvert. En plus, ce type parle de mettre de l'argent dans mon affaire.

— Et de te mettre dans son lit, par la même occasion ? » Sig était hors d'elle. « Tu es incorrigible, Bruce. Comment peux-tu être aussi léger ? Tu n'as aucune excuse. Prendre le risque de tout gâcher sous prétexte de…

— Calme-toi, Sig. Personne n'est en phase terminale ! Ma parole, on dirait que tu manques de fric ! »

Sig n'avait plus qu'une envie : l'étrangler de ses mains. « Alors que moi, poursuivit Bruce, j'ai vraiment besoin d'argent. Et Simples n'est pas mal, pour une vieille folle. » Trop furieuse pour répondre, Sig lui tourna le dos et retourna dans le salon, où Monty aidait sa mère à mettre son manteau.

« *Tempus fugit*, dit-il. J'emmène votre maman écouter un peu de musique.

— A l'opéra ? demanda Bernard d'un ton de regret.

— Non.

— A Carnegie Hall ? Entendre l'Orchestre symphonique de San Francisco ?

— Non. Warren Zevon, dans le Village.

— Amusez-vous bien, claironna Sylvia.

— Vous aussi, lui répondit Monty en lui décochant un clin d'œil lubrique. Attention ! Quand on couche avec des puces… » ajouta-t-il d'une voix taquine, répétant manifestement une de leurs plaisanteries habituelles.

« On attrape la Schatz, gloussa Sylvia.

— Monty ! Vous avez réussi à avoir des places pour le concert de Warren Zevon ? s'exclama Bruce qui les avait rejoints. C'est archiplein !

— C'est mon pré-cadeau d'anniversaire. » Monty posa sa main sur l'épaule de Phyllis. « J'ai cru comprendre que l'on fêterait demain le jour de la naissance de votre mère. » Il lui sourit. « Vous êtes adorable, avec ce chapeau. Betty Bacall tout craché. » Et, sous les yeux stupéfaits de Bernard, Bruce, Sig et Sylvia, il prit la main de Phyllis et la fit tournoyer tout autour de la pièce.

« C'est un garçon un peu turbulent », dit Bruce tandis que l'assemblée, muette, regardait Phyllis et Montague Dunleathe faire leur sortie sur un rythme de rock'n'roll.

Chapitre 15

SHARON, Barney, Jessie et Travis étaient chez Sig, qui, avec l'aide de sa sœur, mettait la dernière touche aux préparatifs des festivités. Todd, pris d'une véritable frénésie, pliait les serviettes à la mode japonaise de la saison. Il semblait surexcité. Ainsi d'ailleurs que Sig. Il y avait des raisons à cela : c'était le soixante-dixième anniversaire de sa mère, même si elle prétendait n'en avoir que soixante-neuf. Les années précédentes, Sig se contentait de lui envoyer un chèque et un petit mot, mais puisqu'elle était à New York, et que son aventure avec Monty portait ses fruits, Sig, Bruce et Sharon avaient pensé qu'une réunion familiale forcerait peut-être la main de Monty qui demanderait enfin celle de Phyllis.

Malgré l'agitation ambiante, un calme suspect alarma Sharon. Où étaient ses enfants ? Elle interrogea Barney. « Qui surveille les enfants ? » Mme Schatz mettait la dernière cerise sur le gâteau et Barney ne s'occupait manifestement de rien. Sig les bouscula pour passer.

« Mon Dieu ! Ils balancent des trucs dans la rue ! » Sig imagina la chute brutale de Travis du haut de ses trente-deux étages. Elle traversa en courant la salle à manger décorée, le living immaculé, et déboula sur la minuscule terrasse. Travis venait de réussir le lancement d'une serviette en lin dans l'espace et Jessie s'apprêtait à faire prendre le même chemin à une flûte à champagne en cristal.

« On ne bouge plus ! » La voix de Sig foudroya les deux enfants, qui interrompirent leur geste. « Rends-moi ce verre, Jessie », dit-elle à sa nièce.

Sans répondre, Jessie secoua la tête et dissimula le verre dans son dos.

« Jessie, reprit Sig, d'une voix dangereusement douce, est-ce qu'on t'a déjà donné une fessée qui t'a mis le derrière en bouillie ? »

Jessie fit non de la tête.

« Eh bien, ça pourrait t'arriver aujourd'hui. Donne ce verre à tatie Sig. »

La fillette s'empressa de tendre à Sig la main qui se crispait sur la flûte.

« A la bonne heure, Jessie. Tu as fait le bon choix. Ton derrière est sauvé pour la journée. Et maintenant, entrez dans l'appartement, ton frère et toi, sinon pas de cadeaux pour Hanouka. » Les deux enfants obtempérèrent. Sig les suivit.

« Barney ? Où es-tu ? » appela-t-elle. Son beau-frère sortit de la cuisine, un Martini dry dans une main, une poignée de cacahuètes dans l'autre. « Tout va comme tu veux ? » lui demanda Sig.

Barney hocha la tête. Le matin même Sharon avait annoncé à Sig que la banque mettrait leur maison en vente à la fin du mois s'ils ne ne trouvaient pas un peu d'argent d'ici là. Barney ne semblait pas s'en soucier. Sig s'approcha de lui, malgré l'abominable odeur qu'il dégageait. « Garde un œil sur les enfants, Barney, sinon je t'arrache l'autre et je le plonge dans ton martini, pour tenir compagnie à l'olive. »

Puis elle le bouscula au passage et retourna dans la cuisine. Mme Schatz achevait son gâteau, décoré d'une photo de Phyllis et d'une inscription où l'on pouvait lire « Bon anniversaire » au centre d'une couronne de petits bouquets en massepain. Monty avait l'air d'être fou de Phyllis. Avec un peu de chance, cette touchante réunion familiale l'inciterait à se déclarer. Le problème, c'était Phyllis. Malgré un interrogatoire digne de l'Inquisition espagnole, le frère et les deux sœurs n'avaient pas réussi à lui faire dire ce qu'elle pensait de tout ça. Rien de nouveau sous le soleil, décidément. Comment prévoir ses réactions s'il la demandait en mariage ? Elle appréciait la compagnie de Monty, c'était manifeste, mais elle se contentait de blaguer avec lui et d'éluder les questions.

« Je vous en prie, madame Schatz, finissez-en.

— Il ne faut pas confondre vitesse et précipitation », rétorqua Sylvia.

Sig s'entendit appeler dans la salle à manger, où Sharon, en plein désarroi, vérifiait l'ordonnancement de la table. « Combien serons-nous ? » demanda-t-elle, éplorée. La liste des invités avait été difficile à établir. Phyllis était fâchée avec sa sœur depuis trente-cinq ans, ce qui avait éliminé d'office cette branche de la famille, et elle n'avait jamais adressé la parole à aucun des membres de sa belle-famille. Sig s'était résolue à convier Philip Norman. Elle avait aussi invité Bernard Simples. Pourquoi pas, après tout ? Paul Cushing et sa petite-fille avaient accepté d'être des leurs, ce qui ravissait Sig. L'intérêt de Paul pour Phyllis piquerait Monty au vif. La présence de Bernard faisait cet effet à Todd, qui ne s'était jamais montré aussi empressé vis-à-vis de Bruce. D'ailleurs, si Cushing ne remplissait pas son rôle d'aiguillon, on se passerait de Monty. Paul était un excellent deuxième candidat.

Bruce aidait sa mère à se préparer pour les festivités. L'habitude ne l'avait pas rendue plus accommodante. « Alors, comment ça va, avec Todd ? » lui demanda-t-elle en s'agitant alors qu'il essayait de la maquiller.

Bruce soupira. « Ce n'est pas une sinécure, d'être homo dans les années quatre-vingt-dix !

— C'était pire dans les années cinquante, tu sais ! Et tu te figures que les gens normaux n'ont pas de problèmes ? Tu t'imagines que Monty est parfait ? A ton avis, je lui dis que je vais avoir soixante-dix ans ?

— Il n'est pas parfait, c'est vrai. Mais ne lui dis ton âge sous aucun prétexte. Je n'avoue jamais le mien. Ça lui est sans doute égal, mais inutile de prendre un risque. Il est si riche.

— Riche, je m'en fiche ! Mais il est adorable avec moi, Bruce. Il me fait rire. D'accord, il n'a pas inventé la poudre à canon, mais c'est quelqu'un de très gentil.

— Alors ? Tu l'épouserais ?

— Il ne me l'a pas demandé, dit timidement Phyllis.

— Mais s'il le fait ?

— Je pense qu'il m'aime...

— Si tu ne m'aimes pas, je t'aime. C'est toujours comme ça, dans la vie. Même entre nous.

— Bruce ! Comment peux-tu dire une chose pareille ! Evidemment que je t'aime ! Tu t'imagines que je supporte ce corset pour dégoter un riche mari ? Je le fais pour toi.

— C'est vrai ?

— Oui, c'est vrai. Tu a toujours préféré les maigres. Audrey Hepburn. Toi et tes films ! Combien de fois as-tu regardé *Charade* ? Reconnais-le : tu l'aimais plus que moi.

— Je l'aimais, oui. Si elle avait été un homme, elle aurait été ma femme idéale.

— Il n'y a ni homme ni femme idéal, mon petit chéri. Ira ne l'était pas. Monty ne l'est pas. Todd non plus. Et Audrey Hepburn ne l'aurait pas été davantage, que Dieu ait son âme !

— Alors, tu n'épouseras pas Monty ? Tu ne crois pas au grand amour ?

— Non, Bruce. Je crois au grand compromis. Sois gentil avec Todd. Ne te moque pas de lui. Je crois bien que tu lui plais. »

La réception battait son plein. Ou tout au moins elle avait pris son rythme de croisière, et elle ne pousserait pas plus loin. Phyllis avait chanté sa chanson préférée, en imitant Bea Lillie. Malheureusement, personne ne se souvenait de Bea Lillie ; on ne put donc apprécier la qualité de l'imitation de Phyllis à sa juste valeur. Mais Todd, Bruce, Bernard et les enfants reprirent en chœur la chanson — *There Are Fairies at the Bottom of the Garden* [1]. Et Monty, à son habtitude, s'esclaffa bruyamment et se tapa sur les cuisses.

Il avait convaincu Sylvia de boire un dernier — et mortel — whisky sour. Elle était excitée comme une baleine en chaleur. « Qui êtes-vous, vous ? demanda-t-elle à Paul Cushing. Vous venez souvent en Floride ? » Paul avoua que non. « Où est donc votre femme ? ajouta-t-elle en minaudant.

— Sylvia, venez », intervint Sig en la prenant par le bras pour la ramener dans l'orbite de Monty.

Sylvia se dégagea. « Vous savez, Phyllis, c'est une sacrée prise. En Floride, ils étaient tous fous d'elle. Ils faisaient mettre un turbo à leur fauteuil roulant pour avoir une chance de l'attraper. »

Monty éclata de rire, mais Sylvia parlait sérieusement. « Moi, dit-il, vous voyez, je n'ai aucun besoin d'un fauteuil roulant. Ça ne m'empêche pas de courir derrière Phyllis. » Il glissa le bras de cette dernière sous le sien, et se planta devant ses trois enfants. « Et maintenant, je voudrais vous dire un petit poème. » Bruce retint Todd, qui voulait se lever pour prendre une photo. Monty prit sa respiration, se campa sur ses jambes comme le petit garçon de Glasgow qu'il avait été, le petit doigt sur la couture du pantalon, et se prépara à déclamer le poème d'Andrew Marvell, « A sa timide maîtresse » :

Si le monde était à nous et qu'il nous restait du temps,
Votre timidité, belle dame, ne serait pas un crime.

---

1. Il y a des fées au fond du jardin (*N.d.T.*).

«Bon sang! murmura Bruce, il a traité maman de dame!
Tu crois qu'elle va le fusiller?

— Tais-toi, l'heure est grave», souffla Sig.

Je vous aimerais dix ans avant le déluge
Et vous pourriez, à votre gré, atermoyer
Jusqu'à la conversion du dernier des juifs.
Mon amour végétal prendrait racine et se déploierait
Sur les plus vastes empires, sans perdre sa vigueur.

«De quoi il parle? marmonna Sharon. Il veut qu'elle
change de religion?

— Un amour végétal? s'étonna Barney. Qu'est-ce-qu'il
a, ce type? Il est soûl? Il est pédé?

— Chut», fit Sig.

Derrière moi, hélas, rugit
Le chariot du temps qui passe
Et ce qui s'étend là-bas, devant nous,
Ce sont les déserts sans fin de l'éternité.

«Joyeux!» dit Bruce. Sig leva les yeux sur Phyllis, qui
semblait aux anges.

Les vers goûteront à votre précieuse virginité.
Votre cher honneur deviendra poussière
Mon beau désir s'évanouira en cendres.
La tombe est un lieu solitaire
Où nul, hélas, ne s'enlace.

« Vraiment charmant, commenta Todd. C'est lui qui l'a écrit ?

— On ne t'a rien appris, à l'école ? répliqua vertement Bruce.

— J'avais dû sécher, ce jour-là », fit Todd en haussant les épaules.

Sylvia s'essuyait les yeux avec un Kleenex. Monty prit la main de Phyllis et se tourna vers ses enfants. « Je vous demande la main de votre mère, dit-il. Si vous y voyez la moindre objection, par respect pour la mémoire de votre père, je me retirerai. Je vous comprendrai. Mais j'aime Phyllis, et, à notre âge, nous n'avons pas de temps à perdre. Je n'ai pas de famille. Je n'ai pas eu la chance d'avoir des enfants, pourtant j'ai toujours pensé qu'une famille est la chose la plus précieuse du monde. » Ses yeux s'embrumèrent. « Je vous aime tous beaucoup, et je serais honoré si vous pouviez me considérer comme faisant partie des vôtres. »

« Il est peut-être impuissant, souffla Bruce à l'oreille de Sig qui le fit taire.

— Nous serions enchantés, Monty, dit-elle, mais c'est à maman de décider, naturellement. »

Monty sortit une boîte en velours bleu de sa poche. Bien qu'ils se trouvent à l'autre extrémité de la pièce, le frère et les deux sœurs furent éblouis par l'éclat du diamant qui étincela de tous ses feux lorsque Monty ouvrit l'écrin. Phyllis regarda la bague, puis Monty. Le sang de Sig ne fit qu'un tour : elle crut que sa mère allait refuser d'une boutade. Puis — ô miracle ! — Phyllis se leva et se mit à déclamer elle aussi. « Comme le dirait mon fils, le roi du compromis :

*Les roses sont éphémères
Et les enfants joueurs.
C'est donc oui que je dirai
Et ce goy que j'épouserai.* »

Sig respira enfin. Bruce, Todd et Sharon s'exclamèrent de concert. Barney leva son verre et Paul Cushing applaudit. Sylvia éclata en sanglots. Fantastique, songea Sig. Sa mère libérerait peut-être sa suite au Pierre dès le lendemain.

Phyllis se passa la bague au doigt. Elle tendit la main, admira, et sourit. « Elle est plus grosse que mes jointures ! Pourtant, elles gonflent tous les ans ! »

Monty la gratifia d'un long baiser mouillé. « Je la changerai aussi souvent qu'il le faudra », dit-il, très ému. Pour une raison qu'elle ne comprit pas, les larmes montèrent aux yeux de Sig.

Elle croisa soudain le regard de Paul Cushing, qui l'observait. Il hocha la tête en souriant. Puis il leva son verre. « Puis-je porter un toast ? » Tous les yeux se tournèrent vers lui. « A Phyllis et Monty. A cœur vaillant, rien d'impossible. » Il fit un clin d'œil à Sig qui venait de lire dans son regard bleu de la sympathie, de l'affection et peut-être de la pitié. Elle frissonna avant de lever son verre avec la compagnie.

Chapitre 16

« Tu crois qu'il fera établir un contrat de mariage ? »
demanda Sig à son frère. Elle était à son bureau,
et lui parlait dans son téléphone-casque. Il était quatre
heures passées, le moment où, à Wall Street, tout le monde
se changeait en dinosaure. Elle avait l'impression d'être
réduite en charpie, mais il lui restait quand même la force
d'envisager le prochain mariage de sa mère avec un millionnaire.

« Notre plan a marché, dit Bruce, comme s'il avait la
faculté de lire dans ses pensées. A nous deux, on pourrait
réussir dans n'importe quelle entreprise.

— Nous n'en sommes malheureusement pas là, et en
attendant, il va falloir survivre. » Grâce à son casque, Sig
avait les mains libres. Elle admira son émeraude, en songeant au gigantesque solitaire que Monty avait offert à sa
mère, et soupira. Sans sa bague, elle se sentirait nue et vulnérable, mais c'était son unique objet de valeur. Elle en reti-
rerait de quoi payer l'hôtel et les vêtements de sa mère, plus
ses arriérés de crédit. « Qu'est-ce que tu crois ? Au sujet du
contrat de mariage ? répéta-t-elle.

— A mon avis, ce n'est pas le genre de Monty, répondit Bruce. Il est de l'ancienne école. Et même si les Ecossais ne sont pas réputés pour leur folle prodigalité, ils ne se précipitent pas chez leur avocat pour un oui ou pour un non comme on le fait ici.

— Il faut qu'on dise à maman de ne surtout rien signer.

— Sûr ! Et elle suivra nos conseils aveuglément, comme à son habitude. »

Sig se força à rire et, pour se consoler, contempla l'eau d'un vert profond de sa bague. « Peu importe, après tout ! Le miracle a eu lieu.

— Oui. Et en plus, les commandes affluent. Mes cartes de vœux se vendent comme des petits pains. J'avais raison. Je me sens sur un petit nuage. Léger comme la fée Clochette !

— Tu es ma fée Clochette préférée, et je t'aime, dit Sig dans un élan soudain d'affection pour son énergumène de frère.

— Je parie que tu fais les mêmes déclarations à tous tes frères homo ! répliqua Bruce sur un ton ironique qui ne dissimulait pas entièrement son plaisir. Bon, il faut que je file. J'ai rendez-vous avec Bernard Simples. Il va vraiment investir dans mon affaire, tu sais. Ça me permettra de livrer plus rapidement les nouvelles commandes. En plus, la présence de Bernard a piqué Todd au vif : il s'aperçoit enfin que j'existe. C'est très agréable. Si ça continue, je serai rentable à partir de la Saint-Valentin.

— Formidable ! Et bonne chance avec Bernard et Todd », conclut Sig. Elle n'eut pas sitôt raccroché le téléphone qu'il clignota à nouveau. Sans doute lui confirmait-on ses nombreux virements du jour.

« Tu ne devineras jamais ! hurlait Sharon dans son oreille. La pompe à finances vient de m'appeler. Maman et lui vont venir passer la journée ici.

— C'est gentil à eux.

— Comment, gentil ? C'est bien mieux que gentil ! Monty veut visiter l'école de Jessie. Il sait que j'ai du mal à payer sa scolarité. Il veut faire une donation à l'établissement.

— Super ! » Ce type devait vraiment tenir à sa mère, se dit Sig, le cœur un peu serré. Cela faisait bien longtemps que personne, qu'aucun homme ne s'était ainsi soucié d'elle. « Tu lui as demandé, et il a accepté ? demanda-t-elle à sa sœur.

— Je n'ai pas eu à demander. Il me l'a proposé de lui-même. » Sharon roucoulait littéralement. « Et ce n'est pas tout. Il veut voir Barney et lui proposer un emploi dans sa société.

— C'est vraiment Noël !

— A propos de Noël, tu viens, tout à l'heure ? C'est le dernier soir de Hanouka. Jessie et Travis seraient contents d'avoir leur tante. Je fais des *latkes*. »

Sig faillit protester tout haut. Des crêpes de pommes de terre ! Sharon avait bien besoin de ça ! « Bruce passera ? demanda-t-elle pour gagner du temps avant de répondre.

— Oui. Il a promis à Jessie de lui offrir la nouvelle Barbie.

— Ils en ont encore inventé une ? Qu'est-ce que c'est ?

Barbie bisexuelle? Un coup avec Skipper, un coup avec Ken?

— Tu es dégoûtante, protesta Sharon. Je ne sais pas, mais Jessie est toute surexcitée. Ce matin, elle en a vomi.»

Voilà une soirée qui s'annonçait sous les meilleurs auspices, se dit Sig. Enfin, le principal était que ça ne se passe pas sur sa moquette. «D'accord, je viendrai, dit-elle d'un ton las.

— Génial! A tout à l'heure.»

Sig n'eut que le temps d'enlever son casque avant que le voyant du téléphone ne clignote à nouveau. Elle répondit, bien décidée à demander aux importuns de rappeler aux heures de bureau.

«Sigourney? C'est vous? demanda une voix grave.

— Oui.

— Paul Cushing à l'appareil. Il faut que je vous parle.

— Je vous écoute.

— Non, pas au téléphone. J'ai besoin de vous voir.»

Sig devait encore faire des courses avant d'honorer les crêpes de Sharon. «Lundi? proposa-t-elle.

— Parfait. Je passerai chez vous lundi soir, si cela vous convient. Il s'agit de quelque chose d'important.»

Elle accepta le rendez-vous, curieuse de ce qu'il aurait à lui apprendre, puis oublia Paul pour vaquer à ses nombreuses occupations.

Elle téléphona au syndic de copropriété, à la banque, au service des prêts immobiliers, et réussit à convaincre ses divers interlocuteurs de lui accorder un ultime délai de deux semaines. Sa décision était prise : elle allait vendre sa bague et son appartement, et joyeux Noël à tous !

Le plus dur restait à faire. Elle composa le numéro de Sotheby et demanda à parler à M. Grenville. On la mit en attente. Et retentirent, à son grand désespoir, les premières mesures de *Jingle Bells*. Sig couvrit le haut-parleur de sa main pour échapper à cette torture, et ne l'enleva qu'en entendant la voix de Grenville. Elle se présenta, et lui annonça son intention de vendre son émeraude.

«Une très belle pierre, en effet. Et qui a toutes les chances de partir à un bon prix pendant notre vente de Noël. Malheureusement, il est trop tard pour qu'elle figure dans le catalogue.»

Sig observa son doigt. Ce n'était jamais qu'un morceau de verre de couleur, se dit-elle pour se consoler. Aucune homme ne lui avait offert de bague, et voilà qu'elle devait renoncer à celle qu'elle s'était offerte elle-même. «Tant pis pour le catalogue, dit-elle. J'aimerais la vendre maintenant.»

Elle aurait bientôt de l'argent, plus rien ne l'empêchait désormais de se rendre chez Takashimaya, l'élégant grand magasin japonais de la Cinquième Avenue, dont le salon de thé, situé au rez-de-chaussée, était l'unique endroit où elle était certaine de ne pas être agressée par une énième version de *Jingle Bells*.

Après s'être rapidement restaurée, elle se concentra sur ses cadeaux. Elle les achèterait tous ici. Il lui restait du liquide, et elle utiliserait ses cartes de crédit si nécessaire. Un assortiment de thés verts dans un ravissant emballage pour Barney, qui, à sa connaissance, ne buvait pas de thé; une écharpe italienne en soie pour Sharon, car les écharpes se faisaient en taille unique; pour Bruce, un cache-col tricoté à la main, d'une couleur fumée divine, et, en dépit de sa répugnance, une paire de caoutchoucs d'une jolie forme pour Sylvia Schatz. En espérant qu'ils iraient sur ses sandales.

Il ne restait plus que sa mère. Sig, épuisée, fendit la foule qui se pressait sur la Cinquième Avenue. Elle dépassa Bendel, Doubleday et Trump Tower. Elle négligea Tiffany sans remords. Vu le cabochon que venait de lui offrir Monty, Phyllis n'avait plus besoin de bijoux. Sig jeta un coup d'œil à son émeraude en soupirant et entra chez Bergdorf Goodman. Elle y trouverait bien une petite merveille pour sa mère, pour cette femme qui aurait bientôt tout ce dont elle pouvait rêver.

Elle entra dans le magasin par les portes à tambour de la 57ᵉ Rue, et fut immédiatement assaillie par des flots de clients affairés. Elle traversa sans s'arrêter les rayons accessoires, maroquinerie et parfums et prit l'escalator qui la mena au troisième étage, ignoré du gros de la foule car les prix qu'on y pratiquait et la classe des vendeuses rebutaient les badauds. Sans réfléchir, Sig entra dans la Boutique du mariage, le saint des saints, où trônait un mannequin tout auréolé de satin et de tulle blancs. Elle s'immobilisa, le souffle coupé, devant cette vision digne d'un conte de fées. Elle n'avait jamais revêtu de robe de mariée, mais c'était celle-là qu'elle aurait choisie si l'occasion s'en était présentée. «Puis-je vous aider?» lui demanda une vendeuse d'un certain âge. Sig sursauta. «Vous mariez peut-être un de vos enfants?» poursuivit la femme d'un ton poli.

Tout d'un coup, elle eut l'impression d'avoir cent ans, et d'être cependant aussi vulnérable qu'un nourrisson. «Non. Je marie ma mère», énonça-t-elle avant d'éclater en de bruyants sanglots qui la stupéfièrent et éberluèrent la vendeuse.

Phyllis et Sylvia, tout emmitouflées pour affronter les froidures de décembre, remontaient Madison Avenue. «Tu vois, dit Phyllis, c'est ici que les gens riches font leurs courses.

— Ce n'est plus sur la Cinquième Avenue ? s'étonna Sylvia.

— Que non !» Phyllis prit le bras de son amie pour lui éviter d'être bousculée par une imposante matrone encombrée d'un yorkshire. «C'est ici même. Et aujourd'hui, c'est le dernier jour de Hanouka : je vais m'offrir un trousseau.»

Depuis le début de son mariage avec Ira, Phyllis mettait de l'argent de côté. Elle avait travaillé avec lui pendant des années, sans jamais toucher de salaire. Elle se contentait de l'argent du ménage, sur lequel elle faisait de petites économies. En plus de quarante-sept ans, son magot avait grossi, bien qu'elle l'ait de temps en temps écorné pour offrir des cadeaux aux enfants, ou inviter Ira à faire un voyage improvisé. Elle était frugale. Même depuis qu'elle vivait sur sa modeste pension, elle se débrouillait pour garder un petit quelque chose tous les mois. Sa seule crainte était de devoir dépenser son argent pour payer des soins à domicile, ou que l'Etat le lui prenne si elle attrapait une maladie grave. Maintenant, au lieu de le garder pour faire face à une catastrophe, elle allait le dépenser — sinon en totalité, du moins en grande partie, pour se constituer un trousseau. Lors de son mariage avec Ira, peu après la guerre, on manquait de tout, et surtout d'argent. Elle n'avait pas eu de trousseau. Monty, son fiancé, son futur amant, méritait qu'elle se fasse belle pour lui.

Sylvia contempla la foule des acheteurs en manteau de fourrure. « On s'en tirerait pour moins cher au centre commercial de Saw Grass », dit-elle.

Phyllis éclata de rire. Elle avait retenu les leçons de son fils. « Que des matières naturelles, Sylvia, dit-elle. En commençant par les petites culottes. Monty a vu tes sous-vêtements, mais pas les miens. »

— Bernard aussi les a vus », fit Sylvia d'un ton rêveur.

Phyllis s'immobilisa devant une vitrine de lingerie. La soie, légère comme des ailes de papillon, irradiait dans un nid de dentelle mousseuse. Sylvia suivit le regard de son amie. « Tu crois que ça se lave en machine ? » lui demanda-t-elle. Phyllis ne prit pas la peine de lui répondre. Elle poussa la porte comme une somnambule.

Elle acheta l'ensemble, plus un déshabillé en soie champagne qui lui redonnait soixante ans. Rompant avec son comportement habituel, elle ignora les prix, pourtant prohibitifs, ainsi que le rayon des articles en promotion. De la main, elle désignait les choses les plus belles et les payait. Et son excitation croissait de minute en minute à l'idée que seul Monty la verrait dans ses nouveaux atours.

« C'est épuisant, de dépenser de l'argent », dit Sylvia en s'écroulant sur la banquette du Three Guys Cafe, sur Madison Avenue.

— Voilà un risque que tu ne cours pas », rétorqua Phyllis, acerbe, en s'installant en face d'elle.

Elle avait acheté d'extravagants slips en dentelle, avec

soutiens-gorge assortis, et la plus belle chemise de nuit du monde. Le tout lui était revenu à plus de mille dollars, qu'elle avait payés sans broncher. Elle ne pensait qu'au visage de Monty quand il la verrait. Un regret la taraudait pourtant : n'avoir pas éprouvé plus tôt ce genre de sensation, car le corps dissimulé par les précieuses matières serait désormais bien moins soyeux qu'elles. Un profond soupir lui échappa.

«Tu as des remords, Phyllis?» Sans laisser à son amie le temps de s'expliquer, Sylvia commanda un sandwich aux œufs à la serveuse.

Phyllis demanda un plat du jour sans sauce. «Je vais m'acheter un nouveau manteau, et un chapeau assorti, annonça-t-elle. Et un sac, peut-être.» Son regard tomba sur l'énorme et horrible cabas de Sylvia. «Et un sac pour toi aussi», ajouta Phyllis. Au point où elle en était, au diable les petites économies.

«Il n'en est pas question, protesta Sylvia. C'est tout ce que Sid m'a laissé quand il m'a quittée. Tu crois que Monty se conduira bien avec toi?

— Je crois, oui. C'est bizarre. Il me semble qu'Ira m'aimait, et qu'il me supportait telle que je suis à cause de ça. Avec Monty, c'est le contraire. Il m'aime à cause de ce que je suis. Tu vois ce que je veux dire?

— Non», avoua Sylvia en tendant la main pour prendre l'assiette que tendait la serveuse.

Un sentiment de pitié pour son amie submergea Phyllis. Aimer Monty la rendait compatissante, l'adoucissait. «Tu voudras un dessert? proposa-t-elle à Sylvia. C'est moi qui paie!»

«Succulent!» s'exclama Monty en tapotant sur sa moustache pour en faire tomber les miettes de crêpe qui s'y étaient accrochées. Le dîner avait été épouvantable, crêpes inmangeables et salade terreuse. Monty avait distribué à tous de fabuleux cadeaux, qui avaient relégué au second rang ceux de Sig. Et Sharon n'avait pas cessé un instant de s'excuser sur ceci ou cela de soi-disant raté, pour s'attirer des compliments qui la rassuraient.

«C'est à se flinguer! murmura Sig à Bruce.

— Pas avant d'avoir porté ta sublime écharpe de chez Hermès, protesta son frère en caressant distraitement la veste en daim qu'on lui avait offerte.

— Très bien. Je la mettrai pour rentrer chez moi tout à l'heure, et je me flinguerai en arrivant.

— Moi, en arrivant chez moi, je trouverai vingt-cinq messages hystériques de Todd; il est persuadé que j'ai une aventure avec Bernard.

— C'est vrai?

— Ne sois pas ridicule. Ce n'est pas mon genre. J'ai toujours préféré l'amour à l'argent. C'est ma malédiction.

— A propos d'amour et d'argent, j'ai l'impression que tout va bien entre Monty et maman.

— J'y compte! Je n'aurais jamais mangé les crêpes de Sharon sans l'espoir d'hériter d'un million de dollars!»

Monty choisit ce moment pour se racler la gorge. «Ce dîner était délicieux, dit-il en se levant. Soyez-en remerciée, chère hôtesse.» Puis il sourit largement à Barney. «Venez avec moi dans le salon, voulez-vous. J'ai une petite proposition à vous faire.

— Oh, mon Dieu ! fit Sig. Il va lui offrir un boulot !

— Ta ta ta, ta ta ta, ta ta ta ta ta… », chantonna Bruce sur l'air de *Jingle Bells*.

Chapitre 17

Lorsque Monty arriva au Pierre, après le dîner de crêpes, il était en tenue de soirée mais en chaussures d'explorateur de l'espace. «Hé! Vous êtes vachement classe!» s'exclama Phyllis, frappée soudain de la désuétude de l'expression qu'elle venait d'employer. Mais, pour la première fois depuis cinquante ans, elle retrouvait son âme d'adolescente. «Vous avez des projets particuliers?

— Oui», dit Monty en la dévisageant de son air le plus séducteur. Le septuagénaire avait beau être chauve et trop enveloppé pour son bien, il émanait de lui une assurance qui le rendait attirant.

On frappa à la porte. Phyllis s'étonna : elle n'attendait personne. «Vous permettez?» dit Monty en traversant la pièce pour ouvrir à Bernard Simples.

L'architecte entra en souriant et parcourut la pièce des yeux. Pour une fois, sa poignée de main n'évoquait pas celle d'un vendeur de voitures d'occasion anxieux de conclure un contrat. Il semblait enthousiaste, et même impatient. Prise de panique, Phyllis se figura que Bernie venait la chercher. Mais Sylvia sortit de la chambre à coucher. Elle s'était débarrassée de son éternel chandail, qu'elle avait troqué pour une robe perlée. Monty posa sa main sur l'épaule de Simples et la serra fraternellement.

«Et voilà! dit-il. Une soirée au Metropolitan, la meilleure loge de tout l'opéra et une jolie femme pour partager sa joie! Personnellement, je n'aime pas Wagner, mais profitez-en bien, tous les deux!»

Phyllis, éberluée, contempla Sylvia, qui, habillée, prête à sortir, ne semblait pas le moins du monde étonnée. Bernard l'aida à enfiler son gros manteau, elle prit son sempiternel sac et ils sortirent ensemble. Monty se tourna alors vers Phyllis en souriant. «Ça me revient plus cher que lorsque j'achetais le silence de mon petit frère avec une plaque de chocolat, mais nous avons cinq heures de tranquillité devant nous.» Il se pencha vers Phyllis, posa une main sur son épaule et l'autre contre le mur, l'emprisonnant ainsi entre lui et la fenêtre. Elle comprit qu'il allait l'embrasser — un vrai baiser, susceptible de les mener loin — et le cœur lui manqua. Ça faisait bien longtemps qu'on ne l'avait plus embrassée, elle ne savait pas comment elle allait réagir.

A cet instant, on sonna à la porte. Monty fronça le sourcil puis sourit et alla ouvrir. Trois serveurs, l'un avec une table roulante, l'autre avec du champagne (deux bouteilles) et des seaux à glace et le dernier portant un plateau, défilèrent dans la pièce. «Je me suis dit qu'on pourrait grignoter quelque chose ici», déclara Monty. Le maître d'hôtel dressa la table. Il allait déployer une grande serviette en lin blanc sur les genoux de Phyllis lorsque Monty s'interposa. «Merci. Je m'occuperai d'elle, dit-il en renvoyant tout le monde du geste. Si nous avons encore besoin de vous, nous sonnerons. »

Il avait commandé des huîtres pour lui et du melon pour Phyllis, dont c'était l'entrée préférée. Le goût du fruit s'accordait délicieusement avec celui du champagne que lui servait généreusement Monty. Jamais Phyllis n'avait été ainsi gâtée. Pendant toute sa vie, elle avait eu l'habitude de se charger de ce qu'il y avait à faire : s'occuper des enfants quand ils étaient malades, des clients quand c'était Ira qui l'était, et de tous les membres de la famille quand ils étaient malheureux. Et voilà que quelqu'un lui composait son menu en tenant compte de ses goûts, et qu'il avait même remarqué le genre d'assaisonnement qu'elle préférait ! Monty était un homme incroyablement attentionné. « Je ne suis pas habituée à ça, murmura Phyllis.

— Il faudra vous y faire, ma chère amie, dit Monty en enfournant sa dernière huître. C'est amusant de vous gâter. J'ai une idée, ajouta-t-il en se levant. Nous avons assez mangé pour l'instant. Ce qu'il nous faut maintenant, c'est du temps. »

Il lui prit la main, et Phyllis ressentit une sorte de décharge électrique qui lui donna envie de rire aux éclats. Il avait soixante-quatorze ans, il était complètement fou, mais elle l'était tout autant. Pourtant, à sentir monter le désir de Monty pour elle, et le sien pour lui, elle éprouva une certaine gêne. Un peu de timidité, et même de la peur.

Il la sentit récalcitrante, et l'entoura de ses bras. « Le moment est venu, dit-il. Je ne vous forcerai pas, Phyllis, mais je vous désire très sincèrement.

— C'est vrai ? l'interrogea timidement Phyllis, ravie, enchantée par son vieux soupirant.

— Je veux coucher avec vous.» Monty parlait tout contre son oreille. «Je ne suis peut-être plus aussi vaillant qu'avant, mais, de temps en temps…» Sa voix se fit rauque. «Je ne crois pas aux vertus de l'attente. Et vous ?» Phyllis hocha lentement la tête et Monty la prit par la main pour l'emmener dans la chambre.

Sur le seuil, il l'embrassa. Puis il l'entraîna jusqu'au lit, où il l'aida à s'allonger avant de lui enlever ses chaussures. «Je suis un peu nerveuse, avoua Phyllis.

— Un peu seulement ? dit Monty en riant. Et moi donc ! A nos âges, tout s'inverse. Votre virginité ne risque plus rien, mais mon orgueil, en revanche, est en danger !» Il se pencha pour lui donner un baiser léger, qui sentait l'huître, le champagne et une autre odeur, indéfinissable. Puis il s'assit sur le lit sans plus de façon et prit la main de Phyllis. «Ces cinquante dernières années, j'ai appris quelques petites choses sur l'amour, dit-il. Par exemple, que la plupart des hommes sont trop impatients pour aimer vraiment une femme. L'âge m'a enseigné la patience, Phyllis.» Il se pencha sur elle à nouveau et l'embrassa. «Et je peux te faire deux promesses : tu n'auras aucune raison d'être gênée par quoi que ce soit, et tu n'auras pas à te plaindre de moi.»

Et il s'employa à lui prouver qu'il était homme à tenir ses promesses.

Deux jours plus tard, Sig se réveilla en sursaut. On sonnait frénétiquement à sa porte, on frappait. Il était beaucoup trop tôt, pour un dimanche. « Qu'est-ce que c'est ? Qui est là ? » marmonna-t-elle en s'enroulant dans un châle en mohair pour aller ouvrir.

Sharon, haletante, et Bruce, pâle comme la mort, se tenaient sur le seuil. « Que se passe-t-il ? Maman va bien ?

— Non, dit Sharon.

— Mon Dieu ! Elle...

— Non, non, elle n'a pas fait d'attaque, intervint Bruce. C'est moi qui vais en avoir une. Les chèques de Monty, celui de l'école et le mien, ils étaient en bois !

— Quoi ? Mais c'est impossible ! Et le Montana, alors ? Et la compagnie d'aviation ? L'héritière Guinness ?

— Du bluff ! De l'invention ! s'exclama Bruce. Sauf l'héritière. Il l'a bien épousée. Et il l'a ruinée. C'est un coureur de dot. Il a connu maman dans l'avion ; elle voyageait en première ; il l'a prise pour une riche veuve.

— Maman a voyagé en première ? » s'étonna Sig en se prenant la tête dans les mains. Ils étaient tous les trois sur le pas de la porte. Sig se pencha pour ramasser son exemplaire du *Times*, où elle voulait vérifier que la mise en vente de son appartement était bien annoncée. « Entrez, dit-elle, entrez. » Ils allèrent s'asseoir dans le living. « Bon, dit enfin Sig, avec une lassitude qu'elle n'avait jamais connue. Reprenons depuis le début.

— Notre petit génie des statistiques, ici présent, s'est trompé sur toute la ligne. Ses données de base étaient fausses. Monty n'a pas un sou. Il a investi l'argent de sa femme dans sa compagnie d'aviation, qui a fait faillite il y a dix ans. Depuis, il vit de crédits et d'expédients.

— Ce n'est pas de ma faute, gémit Sharon. C'est maman qui l'a choisi, pas moi.

— Où est maman ? demanda Sig qui sentait monter les premiers symptômes de la crise d'angoisse.

— Au Pierre, je suppose », dit Bruce.

Sig tressaillit. A combien s'élèverait la note ? Elle avait mis sa bague en vente, mais à part ça les perspectives étaient de plus en plus sombres. Le désespoir la prit. « Bien, dit-elle avec un calme qu'elle était loin d'éprouver. Voilà ce que je vous propose : d'abord, nous tuons Monty. Ensuite, toi, Bruce, tu tues Sharon pendant que je me suicide.

— Et maman ? Personne ne la tue ? s'exclama Sharon. Tu parles d'un plan ! Tout est de sa faute. Ce Monty, c'est elle qui se l'est trouvé. »

Bruce ignora superbement sa banlieusarde de sœur. « Ça pourrait marcher, dit-il à Sig en tapotant affectueusement sa main nue. Si tu y tiens, Sharon, tu pourras tuer maman avant que je ne te tue. »

Sharon se mit à pleurer. « Ce n'était pas de ma faute, répéta-t-elle.

— Oh, tais-toi ! s'exclama Bruce. Tout a toujours été de ta faute.

— Ce n'est pas vrai. Je n'y suis pour rien si Barney a refusé le travail que lui proposait Monty.

— Il a refusé ? s'écria Sig. Il est idiot ou quoi ? » Bruce lui jeta un coup d'œil étonné. « Ce n'est qu'une façon de parler, dit Sig pour rassurer son frère.

— Il a prétendu que ce n'était pas un poste digne de lui. Qu'il ne descendrait pas en dessous de vice-président.

— Bon sang ! Ça fait deux ans qu'il est au chômage et il se permet de refuser un poste ? »
Bruce haussa les épaules. « Aucune importance. Ce job ne devait pas être plus vrai que le reste. »
Avant que cette litanie de lamentations ne dégénère en guerre civile, Sig se ressaisit. « Ça suffit comme ça, dit-elle. Je vais m'habiller. Je serai prête dans quatre minutes et demie.
— Qu'est-ce qu'on va faire ? demanda Sharon.
— Aller au Pierre, et avoir une petite conversation à cœur ouvert avec maman. »

Ils avaient sonné trois fois à la porte de la suite, sans résultat. Ils frappaient maintenant contre le bois sombre, imposant comme une herse de château fort.
« On jurerait d'Artagnan volant au secours de la reine, dit Bruce.
— Il n'y a qu'une reine ici, et c'est toi, grommela Sig. D'Artagnan aurait déjà enfoncé la porte. »
Ils entendirent un bruissement, puis un œil se colla à l'œilleton. La porte s'ouvrit enfin sur Sylvia Schatz, vêtue d'un peignoir du Pierre. « Il est très tôt, s'étonna-t-elle. Vous devriez peut-être revenir tout à l'heure. » Sig bouscula la pique-assiette. Combien lui coûterait le séjour de ce vieux parasite ? Suivie de son frère et de sa sœur, elle entra dans le salon, encombré de journaux et des vestiges d'un repas. Mme Schatz la rattrapa, tenta de s'interposer. « Mais où allez-vous ? »
Sig la foudroya du regard et posa sa main sur la poignée

de la porte de la chambre à coucher. «Vous n'avez donc aucun respect pour l'intimité des gens?» protesta Sylvia dans un ultime effort.

— Et vous, vous en avez? rétorqua Sig. Vous arrivez, vous vous imposez chez ma mère. Vous la collez. Vous appelez ça respecter l'intimité de quelqu'un?»

Blessée, Sylvia Schatz fit volte-face. «Absolument, dit-elle. Comme vous allez en juger par vous-même.»

Sig, Bruce et Sharon sur ses talons, ouvrit la porte à la volée. Sa mère, les cheveux en bataille, le visage satisfait, était couchée entre les bras poilus de Montague Dunleathe. «Oh, mon Dieu!» s'exclama Sharri en se cachant la tête dans les mains.

Monty, son crâne chauve brillant et ses quelques mèches latérales en désordre, ouvrit les yeux et se redressa. Ses seins lui tombaient sur le ventre. Sig faillit fermer les yeux d'horreur. Elle n'aurait jamais pu imaginer un tel spectacle. «Oh, mon Dieu! marmonna-t-elle à son tour, pâle écho de sa sœur.

— Qu'est-ce que vous faites à ma mère? dit Bruce d'un ton menaçant.

— Je crois qu'en Amérique vous appelez ça le "missionnaire"», dit-il.

Phyllis ouvrit les yeux à son tour. «C'est comme ça que tu as commencé, dit-elle. Mais après tu...»

Sharon tendit ses deux mains en avant, comme pour éviter des coups.

«Epargne-nous les détails! s'écria-t-elle en frissonnant.

— Personne ne vous a demandé de poser la question», assena Phyllis en se redressant à son tour, nue elle aussi. Sig

ne put s'empêcher de voir le petit tas de soie vaporeuse jeté
au pied du lit.

« Grands dieux ! s'étrangla Bruce. Qui aurait pu imaginer maman en Louise Brooks dans *La Boîte de Pandore* ? »
Sig ramassa par terre un peignoir de bain qu'elle lança à
Monty, tandis que sa mère remontait de son mieux le drap
sur sa poitrine et le coinçait sous ses aisselles. Malgré son
envie de vomir, Sig résolut d'aller jusqu'au bout. Elle s'approcha de la table de chevet, prit la bague de fiançailles et
l'examina attentivement. La pierre étincelait, sans aucun
doute, mais à y regarder de plus près on s'apercevait qu'au
lieu du brillant blanc des pierres sans défaut, celle-ci reflétait toutes les couleurs de la pièce. « Pur Zircon ! hurla-t-elle
en la jetant violemment vers la fenêtre. Tricheur ! Imposteur !

— Susan, contrôle-toi. Tu te donnes en spectacle, la
réprimanda Phyllis.

— Et toi donc ? Tu viens de rencontrer ce type ! Tu le
connais à peine, et tu couches avec lui ?

— Nous sommes fiancés, Susan. C'est bien ce que vous
vouliez, non ? » Phyllis haussa les épaules. « Moi, le mariage,
je m'en moque. Mais Monty est vieux jeu. » Elle leva sur lui
un regard que Sig ne lui avait jamais vu, qui la troubla,
qu'elle lui envia presque.

Monty n'était pas seulement vieux jeu, il était vieux tout
court. Sig ne pouvait quitter des yeux ces amas de chairs
molles, la peau fripée de Monty, les poils qui lui poussaient
dans les oreilles, et l'horrible réseau de rides au-dessus des
seins tombants de sa mère. Et dire, songea-t-elle, que je me
croyais obligée de rentrer mon ventre chaque fois que je

couchais avec Philip ! Au moins, elle était ferme et musclée, et la peau de Philip était douce, lisse, bronzée. Il avait su la satisfaire, sans s'économiser. Pourquoi donc s'imaginait-elle alors que Monty apportait quelque chose de plus à sa mère ? Elle écarta cette pensée. «Sortez d'ici ! s'écria-t-elle. Laissez ma mère tranquille ! »

Monty leva un sourcil broussailleux et secoua la tête. «Vous semblez oublier que nous sommes promis l'un à l'autre.»

La colère allait la submerger. Ses mains tremblaient déjà ; bientôt ce seraient ses bras, puis son corps tout entier. Tout avait mal tourné. Personne n'accourrait à son secours, ni au secours de sa mère. Sa bague, la vraie, était perdue pour toujours, et celle de sa mère aussi. Ce charlatan, ce bouffon avait tout gâché. Elle perdrait son appartement, elle démissionnerait de son poste et elle atterrirait dans un trou de banlieue, avec sa mère dans la chambre d'amis. S'il y en avait une… Elles partageraient le loyer, et joindraient les deux bouts grace à la pension de Phyllis. Car ce serait à elle, bien entendu, de prendre sa mère en charge. N'était-elle pas sa fille célibataire ? Puis un beau jour, ses seins tomberaient, eux aussi. «Sortez ! hurla-t-elle encore, d'une voix que les sanglots brisaient.

— Une minute, intervint Phyllis. Vous vous prenez pour qui, tous les trois ? De quoi vous mêlez-vous ? C'est ma vie, et je fais ce que je veux avec.»

Sig leva les yeux au ciel. Si elle avait eu une arme…

«Maman, écoute-moi, dit Bruce. Cet homme est un menteur, un imposteur. Un artiste dans son genre, je l'avoue, bien que le physique laisse un peu à désirer. Il est fauché comme les blés.

— Mais moi, je ne l'épouse pas pour son argent ! s'écria Phyllis d'une voix retentissante. Monty a soixante-quatorze ans, et il bande encore. En plus, il sait à quoi ça sert.

— Ecoutez l'avis d'une femme qui avait renoncé à la chair ! dit fièrement Monty en lui passant un bras autour du cou, tandis qu'il tendait l'autre pour prendre un cigare sur la table de nuit.

— Maman, sors de ce lit », ordonna Sig. Phyllis haussa les épaules et obtempéra, nue comme un ver. Ses trois enfants hurlèrent d'horreur et se retournèrent comme un seul homme. Sig réussit à ramasser le déshabillé en soie qui traînait par terre et le lança à sa mère, qui l'enfila calmement.

« Où est le problème ? demanda Phyllis en nouant autour de sa taille épaisse le tissu arachnéen. Il avait de l'argent. Il n'en a plus. Il en aura peut-être de nouveau un jour. Et je peux vous garantir que votre héritage ne risque rien. Pas plus que ma vertu, d'ailleurs, ajouta-t-elle avec un sourire perfide. Puisqu'on en est à se dire nos quatre vérités, Susan, tu n'as aucune raison d'être fière de toi. Si tu considères que Monty t'a escroquée, il n'a jamais fait que te rendre la monnaie de ta pièce. » Du geste, Phyllis embrassa la pièce, les fleurs et les placards.

Sigourney regarda Monty. « Elle n'a pas d'argent, vous comprenez ? Pas un sou. Une malheureuse petite retraite, et c'est tout. Il n'y a ni actions ni bijoux. Ils étaient faux. Et pas la moindre chance que sa situation s'améliore un jour, sauf à compter sur l'augmentation annuelle de sa pension.

Il n'y a pas de maison à Palm Beach. C'est moi qui paie cette suite. Et je suis plutôt à court d'argent, en ce moment. Vous avez fait faillite et je ne vais pas tarder à plonger, moi aussi.»

Voilà. Elle avait tout dit. Ils allaient enfin comprendre, prendre la mesure de ses échecs. Mais elle continuerait à protéger sa mère. «Vous avez misé sur le mauvais cheval. Levez-vous, allez-vous-en et laissez ma mère tranquille. Vous n'en aviez qu'après son argent, et elle n'en a pas.

— Allez, dit Bruce avec colère, ce petit jeu a assez duré.

— En effet, répliqua Monty. Tout est désormais parfaitement clair.»

Il se leva calmement, enfila son pantalon et sortit.

Chapitre 18

« *I*L n'est pas question que tu le revoies. N'y pense plus.

— Comment cela, n'y pense plus ? — Phyllis était outragée.

— C'est quand même simple, reprit Sig. Tu ne lui plais pas. Il en avait après ton argent. Et je me permets de te rappeler que tu n'en as pas. Il a déjà épousé une héritière, maman ; et il a perdu tout son argent. Il s'est dit qu'il allait recommencer. »

En ce morne lundi matin, avec la perspective d'une semaine de travail et l'échec de l'opération Monty, Sig était particulièrement abattue.

« C'est ridicule, voyons. Pourquoi m'aurait-il prise pour une héritière ? demanda Phyllis à sa fille qui terminait de s'habiller.

— Le portefeuille, l'avion en première classe, les vêtements. » Bruce essayait de garder son calme. Sig lui avait demandé de tenir sa mère à l'œil pendant qu'elle irait au bureau.

« C'est un escroc, insista Sig. Une espèce de voleur. Tu

n'as jamais entendu parler de Sunny von Bülow ? Il n'est pas question que tu le revoies. »

La veille, ils étaient restés au Pierre pendant que Phyllis faisait ses bagages. Puis Sig, le souffle coupé, avait payé la note avec sa carte American Express. Toujours flanquée de Sylvia Schatz, Phyllis s'était installée chez sa fille.

« Je n'arrive pas à croire qu'il ait fait un chèque en bois pour l'école, gémit Sharon, à qui Sig avait demandé de prendre également un tour de garde. Quelle honte ! je n'ose même plus aller chercher Jessie.

— Je te signale que les chèques de Barney ne valaient pas mieux. Il n'y a donc rien de changé pour toi, répliqua vertement Bruce. Mais moi, je ne pourrai pas payer la réimpression que j'ai commandée. Bernard voulait investir dans l'affaire, mais comme Monty me proposait un prêt sans intérêt, j'ai choisi cette solution. Comment ai-je pu être aussi stupide ! En pleine saison ! Je fonctionnais à crédit, mais on me faisait confiance. Et voilà que j'ai envoyé des chèques sans provision à mes fournisseurs ! Déjà que ma boîte ne tenait qu'à un fil ! Ce putain d'Ecossais a tout fichu en l'air.

— Ne sois pas grossier devant ta mère, dit Phyllis en croisant les bras. Je sais que je lui plaisais. Et qu'il ait ou non de l'argent, ça m'est bien égal ! »

A l'autre bout de la pièce, Sylvia s'agitait nerveusement sur sa chaise, son sac sur les genoux, les deux mains croisées dessus. Sig remarqua qu'elle secouait la tête comme une débile, à moins qu'elle ne désirât attirer l'attention. Les deux, sans doute, se dit Sig qui poussa un déchirant soupir. « Ce n'est pas le problème, maman. Ce type est un sociopathe. Je sais ce que c'est, j'en ai fréquenté une bonne dizaine. Un homme normal ne distribue pas des chèques à la ronde, surtout quand il sait qu'ils vont lui revenir en boomerang. Ne pense plus à lui. L'épiode Montague est clos.

— Tu te prends pour qui ? Une Capulet ?

— Maman, tu ne comprends pas. Nous devons te trouver un mari riche. Sinon, vous finirez par vivre dans le Bronx, sur des tickets de ravitaillement. Monty te croyait riche. Quand il s'est aperçu que tu étais fauchée, il s'est levé et il est parti. A vous deux, vous n'auriez même pas de quoi vous payer le métro pour venir nous voir une fois par mois.

— Tu sais ce qui ne va pas chez toi, Susan ? Tu te sens toujours responsable de tout. Je n'ai rien contre le Bronx. J'en viens. Et tu n'es pas ma mère.

— Maman, je suis désolée de te faire de la peine, mais tu t'es fait arnaquer.

— Moi ? Arnaquée ? Monty n'est même pas arrivé à me battre à la canasta.

— Parce qu'il ne l'a pas voulu. C'est comme ça que s'y prennent les arnaqueurs pour appâter leurs victimes.

— En tout cas, ne comptez pas sur moi pour toucher à un autre vieux ! Des vieux, en Floride, il y en avait plein. C'est pour ça que je suis partie. »

Sur ces paroles, Phyllis se tut. Sig eut l'impression que la lèvre de sa mère tremblait. Elle baissa la voix, et lui posa la main sur l'épaule. « Je suis désolée, maman. Tu mérites mieux. Vraiment.

— Et toi aussi, Susan », dit Phyllis en regardant Sig dans les yeux. Elle secoua la tête et s'enfonça dans son fauteuil. « Et maintenant ? » demanda-t-elle.

Sig prit place sur le canapé, à côté de Sharon. Sylvia

Schatz tenait son sac par la bandoulière et le faisait méthodiquement tourner de cent quatre-vingts degrés. «Maintenant, en ce qui me concerne, c'est la catastrophe, dit enfin Sig. Il faudra que je quitte Wall Street, et que je trouve un autre travail. Pour une femme de mon âge et de mon niveau, ça ne sera pas de la tarte. En fait, je suis hors jeu, ajouta-t-elle sombrement.

— Arrête de te lamenter, Sig. Garde ton numéro pour Monty, d'accord? Moi, quand j'aurai perdu mon entreprise, ce qui ne saurait tarder, il ne me restera vraiment rien. Toi, tu as ton portefeuille, et il n'est pas aussi fantaisiste que celui de maman!»

Sig observa son frère avec amertume. Sa famille l'avait toujours considérée comme indestructible. «Je suis navrée de te décevoir, Bruce, mais ce n'est pas un numéro. Je suis fauchée. Ratissée. Depuis deux ans, je vends mes actions, et à perte. Tu as entendu parler du dégraissage, monsieur l'entrepreneur? Monsieur le miraculé économique?» Sig jeta un coup d'œil à Sharon. «Même Barney sait ce que c'est que le dégraissage.

— On va devoir mettre les enfants dans un établissement public, se lamenta Sharon. Leur école nous a prévenus : si on n'a pas payé les trimestres en retard après Noël, ils ne les gardent pas.

— Parfait, ironisa Sig. On plonge tous les trois. Je suis un agent de change expérimenté qui n'a plus de clients. On a dégraissé tous mes riches avocats, tous mes promoteurs. Je ne rentre plus la moindre commission. Combien de temps crois-tu qu'on me laissera mon beau bureau d'angle? J'ai déjà reçu deux avertissements. Pas question que je retourne dans la salle des opérations ! Je préférerais me faire serveuse.

— C'est vrai, Sig ? Tu pourrais être virée ? Comme Barney ?» demanda Sharon, incrédule.

La gorge nouée par les sanglots, Sig hocha tristement la tête, émue par la sympathie de sa sœur.

«Oh, mon Dieu !» Sharon se mit à pleurer. «Tu vas perdre ton appartement ? Jessie et Travis ne le supporteront pas !

— Sig aura peut-être du mal, elle aussi, dit Bruce ironiquement. Egale à elle-même, notre Sharon.» Il prit la main de Sig. «Pourquoi ne m'as-tu rien dit ?

— A quoi cela aurait-il servi ? Tu ne pouvais rien faire pour moi.»

Bruce serra la main de sa sœur entre les siennes. «Voilà que s'envole ma dernière chance d'obtenir un petit prêt sans intérêt, n'est-ce pas ?

— Il ne peut jamais rien prendre au sérieux ! protesta Phyllis en se levant. Sig, j'ai un peu d'argent de côté. Si tu penses que ça te suffirait pour...

— Maman, j'ai trois mille huit cents dollars par mois à rembourser pour mon crédit immobilier et deux mille deux cents de charges. Je n'ai payé ni l'un ni l'autre depuis presque neuf mois.» Elle s'arrêta, pour que sa mère se pénètre de ces chiffres. «Mon appartement appartient à la banque, désormais. Ils le mettront sans doute en vente le mois prochain.

— Tu vas vraiment le perdre ?

— A moins de le vendre très vite, soupira Sig. J'ai trop attendu. J'ai passé une annonce dans le *Times* ; j'ai reçu quelques coups de fil, mais rien de sérieux. Jusqu'à présent, les agences immobilières n'ont pas donné de meilleur résultat.» Sig avait les larmes aux yeux. «Cet après-midi, je reçois un client potentiel. Il se passera peut-être quelque chose. Sinon, c'est fichu.»

Elle était épuisée, et se laissa tomber sur une chaise. «Même si je vends, quand j'aurai payé tous les arriérés, il me restera à peine de quoi acheter un studio en banlieue.»

Sig, désespérée, devait bien admettre qu'elle avait tout perdu. Pourquoi avait-elle donc travaillé si dur? Que lui resterait-il de sa jeunesse, de toutes ces années gâchées? «Il y a quelque chose qui ne tourne pas rond dans ce pays, ajouta-t-elle. Personne n'a d'argent.

— Moi, j'en ai, intervint Sylvia. J'en ai plein. Vous en voulez?»

Le frère et les deux sœurs lui jetèrent un regard de commisération tandis que Phyllis se rapprochait de son amie pour lui tapoter gentiment le bras. «C'est gentil, Sylvia. Mais il ne s'agit pas d'une petite somme. Sig a besoin de cent mille dollars.

— J'ai. J'ai même beaucoup plus.» Phyllis leva les yeux au ciel. En dépit de son affection pour Sylvia, elle avait des envies de meurtre. La vie de sa fille aînée était fichue, elle n'avait ni mari, ni enfants, ni argent, ni travail, ni logement. Et sa meilleure amie perdait la boule!

«Allons, Sylvia, allons, dit-elle avec dédain.

— C'est là. Dans mon sac, dit Sylvia Schatz en ouvrant enfin l'horreur en cuir noir dont elle ne se séparait jamais.

Phyllis, qui était assise à côté d'elle, ne put que voir les liasses de billets entassées dans le sac. Sur les bandes entourant les billets, on pouvait lire : 10 000 $. Et il y en avait des quantités. «Oh, mon Dieu!» fut tout ce qu'elle trouva à dire.

Bruce baissa les yeux sur le sac de Sylvia à son tour. Il émit un son qui rappelait l'espèce de grognement que font les vieux juifs à la synagogue, avant de commencer la prière. «Où avez-vous trouvé ça? demanda-t-il d'une voix rauque.

— Ce sont des vrais? hoqueta Sharon.

— Je les ai eus quand mon mari m'a quittée. J'avais une très bonne avocate, Diana La Gravennes. Elle lui a fait cracher un gros paquet. Je ne savais pas quoi en faire, alors je les ai gardés sur moi. Je n'avais pas envie de dépenser cet argent.»

Bruce siffla. «Ça a quatre pattes et ça court derrière les chats, qu'est-ce que c'est?» Personne ne répondit. «Mme Schatz et son avocate», s'esclaffa-t-il. Mais il fut le seul à rire.

«Et depuis ce temps, tu trimbales ça partout?» demanda Phyllis, éberluée. Elle pourrait vivre encore soixante-dix ans, se disait-elle, sans avoir fait le tour des bizarreries de l'humanité, ni des méandres des âmes.

«Je ne savais pas quoi en faire, avoua Sylvia, penaude. C'était Sid qui s'occupait des histoires d'argent. Il payait les notes de téléphone, les fournisseurs. Moi, je n'avais même pas de compte en banque. Je n'ai jamais signé un seul chèque. D'ailleurs, j'ai lu plein d'histoires de vieilles dames escroquées par leur banquier ou leur agent de change.» Sylvia leva les yeux sur Sig. «Ne le prenez pas pour vous, je vous en prie. Les personnes présentes ne sont pas concernées. Donc je l'ai gardé. C'est ce qui me semblait le plus sûr.

— Sûr ? s'exclama Phyllis. Tu te baladais sur la Croisette avec cent mille dollars dans ton sac ?

— Non, fit Sylvia. Deux millions deux cent mille. »

Bruce et Sharon répétèrent le chiffre, encore incrédules. « Plus la monnaie. Et l'argent de mon allocation. Je les mets là-dedans. » Elle exhiba un petit porte-monnaie en filet argenté.

Phyllis partit d'un éclat de rire inextinguible qui lui fit monter les larmes aux yeux. « Et tu ne t'es pas payé une chambre dans un motel ? Tu as passé la nuit à l'aéroport La Guardia avec deux millions de dollars dans ton sac ! En Floride, six années durant, tu t'es levée à quatre heures du matin, tu prenais ton petit déjeuner avant cinq heures, ton repas de midi avant dix heures, tu dînais à trois heures et demie, tout ça pour profiter des quatre dollars de réduction réservés aux heures creuses ! Tu emportais les petits pains que tu n'avais pas mangés, tu as volé des sachets de sucre dans tous les cafés où nous sommes allées ensemble. A New York, tu as dormi sur mon canapé ! Et pendant ce temps, tu avais deux millions de dollars dans ton sac ? Dans ton sac ! Mais tu n'as donc jamais entendu parler de vieilles dames à qui on arrache leur sac, justement ?

— Je le tenais bien. »

Phyllis se remit à rire aux éclats, jusqu'à en avoir mal aux côtes. « Ça me tue ! » articula-t-elle enfin avant que la fatigue ne l'oblige à s'asseoir. Pour la première fois de sa vie, quelque chose lui clouait le bec.

Sig était restée dans son coin, à observer les deux vieilles amies. Elle se rapprocha de son frère et de sa sœur et jeta elle aussi un coup d'œil dans le sac.

«Bon. Combien vous faut-il, Susan ? demanda Mme Schatz en sortant des liasses par paquets et en les empilant sur la table comme un jeu de construction

— Mais, je ne veux pas... Je ne peux pas... je ne sais pas quand je pourrai vous rembourser.

— Prends cet argent et ne discute pas, ordonna Phyllis à sa fille avant de se tourner vers Sylvia. Dieu sait que je ne t'aimais pas pour ton argent, dit-elle, mais il nous arrange.» Puis elle concentra son attention sur sa fille aînée. «Je n'avais pas la moindre idée de ta situation, Susan. Je suis venue à New York pour vous aider, pour être une bonne mère. Et je le ferai. Appelle le prochain candidat, je le verrai.» Puis elle retourna dignement s'asseoir à l'autre bout de la pièce, seule.

Sharon avait mené un combat de serpent luttant contre son charmeur pour réussir à quitter des yeux le sac rempli d'argent de Mme Schatz. «Je vais étudier mes dossiers. Nous avons commis une erreur la première fois, mais nous ne recommencerons pas. Je vous trouverai le bon numéro.

— Bonne idée, fit Bruce qui interpella ensuite Sylvia. Vous pourrez nous aider. On vous remboursera après.»

Sig alla rejoindre sa mère ; elle songeait à son air si heureux dans les bras de Monty, tout escroc qu'il était. «Tu es sûre, maman ?» lui demanda-t-elle à voix basse.

Phyllis ne la regarda pas. Elle ne bougea pas. «Puisque c'est mon devoir, je le ferai», dit-elle.

Sig était rentrée du bureau épuisée, vidée. Sa mère, Mme Schatz et toutes leurs affaires avaient été transplantées du Pierre dans la bibliothèque de son appartement, qui tenait désormais du dortoir de pensionnat et de la maison de repos. Elle avait jeté un coup d'œil sur les boîtes de comprimés et les flacons remplis de potions, le porte-dentier de Sylvia, les chaussettes humides sur le radiateur, le bol de pruneaux posé sur le bureau et les mille vestiges accumulés par les deux vieilles dames, puis elle avait fermé les portes coulissantes sur le déprimant spectacle.

Sharon était retournée chez elle, auprès de son chômeur de mari, pour dénicher le prochain candidat figurant dans ses dossiers. Bruce l'avait déposée à la gare en allant à Chelsea. Sig était de garde. Phyllis et Sylvia se reposaient dans la chambre d'amis pendant qu'elle terminait de ranger l'appartement en veillant aux petits détails qui l'aideraient à le vendre rapidement. Elle avait redressé les coussins, disposé des fleurs dans les vases et vaporisé un pot-pourri champêtre. Si elle avait su cuisiner, elle aurait fait un gâteau pour séduire l'éventuel acheteur par une délicieuse odeur de pâte en train de lever. Elle n'était pas encore revenue du choc provoqué par Sylvia Schatz et son invraisemblable sac. Grâce à cet argent, elle gagnerait peut-être le temps qu'il lui fallait pour sauver la situation. Pour la première fois depuis des semaines, elle se surprit à fredonner et ne put s'empêcher de sourire en reconnaissant l'air qui lui trottait dans la tête ; c'était le thème de *Félix le Chat* : « En cas de pépin, Félix, ouvre ton sac à malices. »

On sonna, et Sig alla ouvrir à Cornelia, une courtière de la plus huppée des agences immobilières de New York. Elle savait qu'il était préférable de ne pas être chez soi lorsque des clients venaient visiter, mais la présence de sa mère et de Mme Schatz interdisait toute autre alternative. Elle s'installerait dans la bibliothèque pendant qu'une garce mariée à un richard critiquerait le carrelage de sa salle de bains. Cornelia était sans surprise ; toutes les négociatrices se ressemblaient : des dames d'un certain âge, avec d'imposantes boucles d'oreilles et une ceinture dorée. Elle s'introduisit dans l'appartement, un sourire de commande sur les lèvres. « Bonjour ! » s'écria-t-elle en soulevant les sourcils pour jeter un coup d'œil circulaire ; elle tiqua sur la lampe de l'entrée. Bon sang ! se dit Sig, j'ai oublié d'allumer la lumière ! On m'avait pourtant prévenue… C'est la première des choses à faire. Mais les autres pièces étaient très claires, contrairement à l'entrée dépourvue de fenêtre.

Derrière Cornelia, à la stupéfaction de Sig, se tenait Paul Cushing.

« Paul ! » dit-elle en lui tendant la main. Elle éprouvait le sentiment de malaise qui l'envahissait toujours lorsqu'elle rencontrait quelqu'un hors de son contexte naturel ; elle se souvenait encore de sa gêne en apercevant l'assistante de son gynécologue chez Bloomingdale. Puis le souvenir lui revint : il lui avait annoncé sa visite, pour lui apprendre une nouvelle qu'il ne voulait pas lui communiquer par téléphone.

« Je tombe mal ? demanda Cushing.

— Mais non. Je fais simplement visiter mon appartement à une agence. J'envisage de déménager, d'acheter autre chose… » Sig eut du mal à ne pas rougir. La présence de Paul risquait de tourner à la catastrophe, car Cornelia était tout à fait capable de clamer à tous les vents l'urgence dans laquelle se trouvait la jeune femme. Pour vendre, tout lui était bon.

« Quel plaisir de vous revoir, Sigourney, dit Paul en souriant avec chaleur. Je ne savais pas que aviez l'intention de vendre votre appartement. Il est rare, à New York, d'en trouver un qui ait une âme. Et c'est le cas du vôtre. » Il la regardait ; ses yeux étaient d'un bleu… « Faites-le-nous donc visiter à tous les deux. Quand je suis venu pour l'anniversaire de votre mère, je n'ai pas tout vu. »

Cornelia se fendit d'un grand sourire. Sig comprit qu'elle ne laisserait pas échapper l'occasion. « Vous remarquerez tout d'abord les deux placards de l'entrée, qui…

— C'est inutile, je vous remercie, dit Paul poliment, mais d'un ton qui ne souffrait pas de discussion. Sig sait ce que j'aime. Elle me fera visiter elle-même. » Pour atténuer l'effet de sa rebuffade, il dédia à Cornelia un sourire ravageur. Très séduisant, pour un homme de son âge, se dit Sig. Cornelia, qui avait de la bouteille, ne s'y trompa pas. Elle battit coquettement des paupières. Ah, c'est comme ça, songea Sig, tandis que Paul la prenait par l'épaule et se laissait guider jusqu'au salon.

« Je ne crois pas que vous ayez admiré la vue, Cornelia, dit Sig en les conduisant tous deux à la fenêtre et en écartant les rideaux. On voit trois ponts, d'ici. La nuit, c'est magnifique. Mais le parc est plus beau de jour, évidemment. » Elle leva les yeux — Paul était grand — et découvrit qu'il ne s'intéressait pas à la vue.

« Comment va votre mère, Sig ? J'ai quelque chose à lui dire.

— Elle va très bien, dit-elle d'un ton joyeux, en songeant que Paul ferait un excellent candidat de rechange. En fait, elle est ici. Elle en avait assez de l'hôtel. Pour l'instant, elle se repose. » Lorsqu'elle sortait, Bruce passait trois heures à la préparer. De quoi aurait-elle l'air, maintenant ? Mieux valait, se dit Sig, ne pas les mettre en présence tout de suite. Elle lui montrerait la chambre d'amis une autre fois. Lors d'une prochaine visite. A elle de s'arranger pour qu'il y en ait une. S'agissait-il d'une pure coïncidence ou d'un bienfait du ciel ? Paul était beaucoup plus séduisant que Monty, et lui, en tout cas, n'était pas un imposteur. De combien de millions Sharon avait-elle parlé ? En fin de compte, sa sœur n'aurait peut-être pas besoin de replonger dans ses dossiers. Le candidat idéal était peut-être sous ses yeux.

« Que voulez-vous lui dire ? demanda Sig à Paul.

— Je vous avais dit que je me renseignerais sur Montague Dunleathe et je l'ai fait. Malgré ma répugnance à dire du mal de quelqu'un, il est de mon devoir de vous prévenir : il est bien possible qu'il ne soit pas exactement ce qu'il prétend. Je vous le dis pour vous protéger, vous et votre mère. Comme je protège Wendy.

— Je vous remercie mille fois, Paul, répondit Sig en songeant qu'il n'aurait pas pu mieux choisir son moment.

— Il faut épargner votre mère, vous comprenez. »

Sig se contenta de sourire, en l'invitant du geste à poursuivre la visite.

Chapitre 19

« L E Rainbow Room, en pleine semaine de Noël ? Ça va être bondé ! Personne ne va au Rainbow Room, se récria Sig.

— Comment veux-tu que ce soit bondé si personne n'y va ? demanda Phyllis.

— Personne d'important, je veux dire.

— Nous sommes des gens importants. Et nous irons. Tous les quatre. » Sig haussa les épaules.

« Cela dit, ajouta Phyllis, si tu n'a pas envie de venir, tu n'es pas obligée. Moi non plus, je n'en ai pas la moindre envie.

— Toi, c'est différent. Non seulement tu iras, mais tu passeras une très bonne soirée. Si Monty t'a plu, tu vas adorer Paul Cushing.

— Foutaises ! D'ailleurs, ce n'est pas mon type. Il est plus...

— Plus quoi ? Plus distingué ? Plus riche ? Plus sincère ? Ce qui est certain, c'est qu'il est plus séduisant. Très, très, séduisant.

— Tu trouves ? » Phyllis fermait à moitié ses yeux aux

paupières lourdes. «Et toi, Sylvia, qu'est-ce que tu en penses ? »

Vissée dans son fauteuil, comme à l'accoutumée, Sylvia haussa les épaules. «Je préfère Monty, dit-elle d'une voix rêveuse. Peut-être parce qu'il jouait à la canasta avec moi.»

Sig soupira, découragée par cet assaut de démence sénile. Mais après tout, se dit-elle, elle avait échappé au pire : Sylvia Schatz n'était pas sa mère.

Sig, la célèbre papesse de Wall Street, n'avait pas réussi à convaincre Sylvia de déposer son argent dans une banque. Quant à l'inciter à investir, même en obligations garanties, il n'en avait même pas été question. La notion d'intérêts lui échappait totalement. Lorsque Sig avait tenté de la lui expliquer, elle avait répliqué vertement : «Assez, avec cette histoire d'intérêt. Je sais ce que c'est : si tu as de l'argent, tu suscites l'intérêt de tout le monde.» Tout ce que désirait Sylvia, c'était garder son trésor dans son sac sans le dépenser, pas même pour préserver sa pudeur pendant une partie de strip-canasta. «Ne vous mettez pas en colère, Susan, dit Mme Schatz. Je suis comme votre maman. Sauf en ce qui concerne le S-E-X-E. Je préfère Monty.

— Montague Dunleathe est un escroc, rétorqua Sig, à bout de nerfs.

— Il jouait bien à la canasta», fit Sylvia avec nostalgie. Puis elle se ressaisit. «Avec moi, il a été très correct, vous savez. Nos relations étaient purement amicales.»

Sig leva les yeux au ciel. Le désordre de la chambre des deux vieilles dames avait débordé dans le salon ; il menaçait l'entrée, où le chandail informe de Sylvia était accroché à une poignée de porte. Des lunettes de vue, à la branche maintenue par un trombone, traînaient sur la console. Les pastilles d'eucalyptus que suçait inlassablement Sylvia s'étaient éparpillées sur une des tables basses. Sur l'autre, à côté des bonbons à la menthe de Phyllis, il y avait une pile de pièces de cinq cents, que sa mère continuait de garder, bien qu'on ne puisse plus téléphoner avec depuis des lustres, des bons de réduction découpés dans un magazine, un bout de crayon, une grille de mots croisés inachevée et deux autres paires de lunettes, l'une avec chaîne, l'autre sans.

La folie guettait Sig. Avec un peu de chance, Paul Cushing la débarrasserait bientôt de sa mère, et Mme Schatz s'installerait enfin chez elle, ou au diable.

Dieu seul savait pourquoi Paul Cushing se donnait tant de mal pour sa mère ! Il l'avait invitée à déjeuner la veille, avec Sylvia, puis il avait emmené Sig, Wendy et Phyllis au cinéma. Pour ne pas retourner au bureau, Sig avait prétendu qu'elle était malade ; juste avant les fêtes, il ne se passait jamais rien.

Phyllis n'avait pas arrêté de jacasser pendant toute la séance, mais ses remarques étaient beaucoup plus amusantes que le film. Apparemment, cela n'avait pas refroidi les ardeurs de Paul, puisqu'il les invitait ce soir. C'était en tout cas ce qu'avait déclaré Sylvia, qui avait répondu à son coup de fil. Sig s'étonnait qu'il ait choisi le Rainbow Room. Elle aurait cru Cushing plus raffiné. Mais elle avait tout de même téléphoné à Bruce pour qu'il exerce ses talents sur Phyllis, et elles étaient prêtes.

« Paul est vraiment très gentil, dit Sig à sa mère, pour la cuisiner.

— Très, oui. Mais je ne lui plais pas.

— Mais bien sûr que si, voyons.

— Non. Je ne lui plais pas de cette manière-là, dit Phyllis en examinant Sig. Tu es très belle, mais tu devrais porter des jupes plus courtes. »

Bruce mettait la dernière touche à son œuvre en vaporisant la coiffure de Phyllis d'une laque assez fixante pour paralyser un essaim de guêpes. « Et voilà ! Vos soupirants peuvent se présenter, mesdames.

— A propos de soupirants, dit Sig, qui s'était humiliée jusqu'à téléphoner une deuxième fois à Philip, je vous préviens que c'est la dernière fois que je vois Philip Norman.

— Merci, mon Dieu ! s'exclama Phyllis. Nous progressons. Et maintenant, ouvre les yeux, et trouve-toi un homme, un vrai, pas une espèce de cadre supérieur interchangeable, trop trouillard pour s'engager ou pour faire des enfants.

— Je ne plais pas aux hommes, maman. Ils me trouvent trop indépendante.

— C'est ce que me disait ton père, dit Phyllis avec un brin de nostalgie. Monty aussi, d'ailleurs », ajouta-t-elle en baissant la voix et les yeux.

Le Rainbow Room était plein, mais dès leur arrivée un maître d'hôtel obséquieux les conduisit à une table très bien placée, dressée pour quatre, et toute proche de la piste de danse. Paul Cushing avait manifestement de l'entregent. Ils étaient arrivés juste à temps. A peine étaient-ils assis que les lumières s'éteignirent, et qu'un roulement de tambour annonça les Rockettes, qui apparurent, l'une après l'autre, au sommet d'un escalier en colimaçon. Les danseuses descendirent les marches en file indienne, comme une mécanique parfaitement huilée. Elles étaient incroyablement belles. Dès qu'elles furent toutes sur la piste, la musique s'emballa, et elles se lancèrent dans une exhibition endiablée dont la perfection enthousiasma le public.

Sig, pour sa part, s'ennuyait. Philip, assis en face d'elle, avait pris l'air blasé, mais les yeux de Paul étincelaient. Comment s'y prenait donc cet homme, à son âge, pour éprouver un tel plaisir à tout ce qu'il faisait ? se demanda Sig, admirative. Lorsqu'il se pencha pour murmurer quelque chose à l'oreille de sa mère, elle aurait souhaité savoir de quoi il lui parlait.

Après le spectacle, lorsque les applaudissements se turent enfin, l'orchestre attaqua *Night and Day*. Philip invita Sig à danser ; étonnée, elle accepta cependant volontiers, et ne le regretta que lorsqu'ils furent sur la piste. Sig savait danser, mais pas avec Philip. Il la rendait maladroite ; il ne conduisait pas et elle lui marchait sur les pieds, mais c'était lui qui s'excusait à chaque fois. Philip était incontestablement le plus mauvais danseur au nord de l'équateur. Et sans doute au sud. Sig remercia le ciel quand Paul Cushing tapa sur l'épaule de Philip pour lui enlever sa partenaire.

Son soupir de reconnaissance arracha à Philip un regard de chien battu.

« J'ai eu l'impression que vous aviez besoin qu'on vienne à votre secours, dit Paul, mais je n'en étais pas sûr. » Et il prit les rênes. Reculant un peu, il l'examina. « Très jolie robe, dit-il. Le rouge vous va magnifiquement. » Les joues de Sig s'empourprèrent. «Vous avez aimé mes fleurs? demanda Paul.

— Elles étaient superbes», répondit-elle avec enthousiasme. Paul la serra un peu plus contre lui. La pression de sa main sur ses reins était délicieuse. «Maman a été très touchée.» Sig n'avait aucun mal à le suivre, à accorder ses pas aux siens. Elle se détendit. Danser avec Paul ressemblait à un sport d'équipe. Les hommes jeunes ne savaient plus danser. Ils restèrent sur la piste pendant le morceau suivant. Sig se laissait aller, heureuse. Puis elle se rappela sa mère, et le but de leurs grandes manœuvres.

C'est étrange, songea Sig. je m'amuse plus avec Paul qu'avec Philip... «Nous devrions retourner à notre table, maintenant, dit-elle de mauvais gré, consciente de son devoir. Mais c'était très agréable.»

Paul sourit, posa sa main sur le coude de Sig et la guida à travers la piste. C'était bon d'être ainsi prise en charge. Sa béatitude ne dura pas. Juste avant d'arriver à leur table, Sig leva les yeux et vit sa mère sur la piste, dans les bras de Monty. «Mon Dieu! s'exclama-t-elle en se dégageant et en reculant d'un pas.

— Que se passe-t-il?»

Incapable de parler, Sig désigna la piste. Il suivit son regard et souleva les sourcils.

Sig sentit la colère monter en elle. On se moquait d'elle! On l'avait dupée. Elle ne crut pas un instant à une coïncidence. «Comment cet homme savait-il que nous serions ici? demanda-t-elle à Paul.

— Je n'en ai pas la moindre idée.»

Incrédule, certaine d'avoir été manipulée, Sig ne se contenait plus. Paul Cushing l'avait donc invitée à danser pour distraire son attention. Il complotait avec sa mère, derrière son dos. « C'est vous qui avez choisi de venir ici, dit-elle d'un ton accusateur.

— Moi ? Pas du tout. C'était pour vous faire plaisir. Pour quelle raison fréquenterais-je un endroit pareil ?

— Pour cette raison, dit-elle en montrant Monty et sa mère. Ou alors, c'est que vous aimez les Rockettes, et les banlieusards endimanchés. Je ne sais pas. Tout ce que je sais, c'est que Mme Schatz m'a dit que vous aviez réservé une table. C'est Monty qui vous l'a demandé ?

— Mme Schatz m'a dit que votre mère avait envie de connaître cet endroit. » Il s'interrompit. « Un instant », dit-il. Lorsqu'il se concentrait, il faisait ses soixante et onze ans. « Non, reprit-il après avoir réfléchi. Elle a dit que c'était vous qui en aviez envie. Franchement, ajouta-t-il en souriant, ça m'a un peu étonné. Ensuite, je me suis dit que vous aimiez peut-être danser. Vous dansez vraiment bien, Sig. »

L'heure n'était plus au bavardage. Sig voulait la vérité. Elle s'approcha du couple que formaient Monty et sa mère, qui venaient d'exécuter un pas compliqué mais harmonieux. « Salut, salut », fit Monty en l'apercevant, comme s'il était parfaitement naturel qu'il soit là, dans son vieil habit démodé, avec sa mère dans les bras.

« Comment osez-vous vous conduire ainsi ? » demanda Sig d'un ton outragé. La dernière fois qu'elle les avait vus, ils étaient au lit, et nus. Bien qu'habillés et en public, ils donnaient toujours l'impression d'être très intimes. Sans lâcher Phyllis, Montague Dunleathe s'immobilisa sur la piste.

« Vous êtes très élégante, ce soir, dit-il.

— Trêve de compliments, Monty. Avec moi, ça ne prend pas ! Et laissez ma mère. Allons-nous-en, ajouta Sig en regardant Phyllis.

— Mais on vient à peine d'arriver », gémit plaintivement cette dernière. Tiens, se dit Sig, voilà d'où Sharri tient cette manie de geindre.

Le morceau s'achevait. Monty secoua l'enchantement dans lequel la danse avait plongé Phyllis. Ils se regardèrent dans les yeux. De beaucoup trop près.

« Je ne veux pas m'en aller, dit Phyllis.

— Tu avais promis, maman.

— Je n'ai rien fait de mal.

— Il me semble, dit Monty, que l'expression qui s'impose est : nous sommes dans un pays libre.

— En effet. Mais seulement pour les gens qui ne paient par leurs impôts », cracha Sig.

Elle prit sa mère par la main. « Qui t'a aidée à monter ce coup ? Tu devrais avoir honte ! Comment t'y es-tu prise ? Tu as téléphoné en cachette ?

— Non. C'est Sylvia qui a téléphoné, protesta Phyllis.

— De mieux en mieux ! Sylvia dans le rôle de la nourrice de *Roméo et Juliette* ! Elle te sert d'entremetteuse, maintenant ? » Sig s'interposa entre eux et foudroya Monty du regard. « Ne vous approchez plus de ma mère, ou de Mme Schatz. Vous êtes un profiteur, un coureur de dot, un imposteur, et pire encore. Si vous tenez à en savoir plus sur ce que je pense de vous, téléphonez-moi au bureau. »

Il s'était formé un petit rassemblement autour d'eux. Paul Cushing se tenait à l'écart, comme cet incapable de Philip, mais Sig n'en avait cure. Elle prit Phyllis par le bras, tourna le dos à la foule et guida sa mère vers l'ascenseur.

Pendant la descente, une bande enregistrée joua *Jingle Bells*.

Mme Schatz avoua ses fautes. Lui extorquer la vérité fut un jeu d'enfant. Monty téléphonait en cachette et Sylvia, qui trouvait la situation follement romantique, transmettait ses messages à Phyllis.

«Comment as-tu osé, maman? gronda Sig.

— Comment as-tu pu?» gémit Sharri.

Bruce lui jeta un regard glacial, sans ajouter un mot.

Phyllis se redressa dans son fauteuil. «D'accord. J'ai compris le sens général de vos questions. J'agirai comme vous le souhaitez.

— Bon», firent-ils en chœur.

Sig téléphona à Paul Cushing pour se faire pardonner le fiasco du Rainbow Room. Il ne lui en voulait apparemment pas le moins du monde. Le mercredi soir, il vint chercher Phyllis et l'emmena faire une promenade en calèche avec Wendy. Jeudi, il dîna avec Sig, Phyllis et Sylvia. Vendredi, ils allèrent tous les quatre voir *Showboat*, et Paul se débrouilla même pour trouver une place pour Sylvia, à la dernière minute. Tout se déroulait si bien qu'ils passèrent la soirée de samedi avec Sharon, Barney, Jessie et Travis, et remontèrent la Cinquième Avenue en limousine pour que les enfants puissent admirer les vitrines de Noël. Wendy adora Jessie, qui le lui rendit bien. La situation évoluait rapidement, et Sig se mit à croire à la réussite de son plan. Pourquoi donc était-elle aussi malheureuse, alors ? Elle éprouvait l'étrange sensation que tout ce qui comptait pour elle lui glissait des mains sans qu'elle puisse le retenir.

Chapitre 20

ELLE se tortilla pour enlever son pantalon rouge et enfila une jupe noire et un collant assorti. Une fois prête, Sig se rappela que Paul avait apprécié la robe rouge qu'elle portait au Rainbow Room. Mais ce n'était pas à elle de le séduire. Pour ne pas faire trop habillée, elle mettrait des bottes plutôt que des chaussures. Ni les courtes ni les cuissardes, mais les bottillons à boucle qui accentuaient la finesse de ses chevilles. Ce rapide inventaire lui permit de constater qu'elle possédait quatre paires de bottes noires et trois paires de marron, six paires de chaussures marron et onze paires de noires, plus quantité d'autres, de couleurs moins classiques. « Grands dieux ! » soupira Sig en les contemplant. Toutes valaient au moins deux cents dollars la paire. Que d'argent jeté par les fenêtres, en quelques années !

Malgré le prêt providentiel de Sylvia Schatz, il lui faudrait renoncer pour un moment à des achats aussi inconsidérés. Elle claqua la porte de son placard et s'examina dans un miroir à trois faces. Pourquoi donc se souciait-elle de son apparence ? C'était sa mère qui sortait, Sig n'aurait qu'à proposer un verre et quelques biscuits avant d'accompagner Phyllis à la porte. Elle observa le tombé de sa jupe. Un peu étroite dans le dos, peut-être ? Elle aurait intérêt à aller deux fois plus souvent à la gym, tant qu'elle était membre du club. C'en serait bientôt fini des séances individuelles chez David Barton, le club le plus sélect où il y avait les meilleurs moniteurs de la ville. Avec un nouveau soupir, elle retourna dans le salon.

Mme Schatz était vautrée sur le canapé à deux places qu'elle accaparait désormais, à la grande fureur de Sig qui aurait préféré qu'il soit libre pour Phyllis et Paul. Ils étaient obligés de s'installer sur un autre canapé, plus grand, ou face à face. Quelle gourde, cette Sylvia Schatz ! Sig se sentait coupable d'éprouver de tels sentiments pour une femme dont la générosité venait de la tirer d'affaire, mais c'était vraiment un pot de colle ! Elle était obligée de lui dire de sortir de la pièce quand Paul ramenait sa mère, pour leur ménager quelques instants d'intimité. Malgré ses efforts, il ne s'attardait jamais.

En fait, Paul ne semblait pas du tout attiré physiquement par Phyllis, ce qui inquiétait Sig. L'inquiétait mais aussi, bien qu'elle répugnât à se l'avouer, la soulageait, peut-être à cause de l'épisode Monty ou parce que la sexualité de sa mère la mettait mal à l'aise. La sexualité des vieux en général, d'ailleurs. Sur tous les autres plans, Paul se montrait très empressé. Fallait-il en déduire qu'il n'éprouvait pas pour Phyllis ce qu'elle, Sharon et Bruce espéraient ? Avantage non négligeable : on n'avait pas à redouter de le trouver nu dans un lit avec sa mère en poussant une porte. Cette simple idée lui donnait le frisson.

« Vous avez froid, ma chère petite ? demanda Sylvia. Couvrez-vous, voyons.

— Ça va », dit Sig en regardant la placide personne assise avec son sac sur les genoux. D'une certaine façon, Sig l'enviait. Elle ne lisait pas, elle ne tricotait pas, elle ne s'acharnait pas sur des grilles de mots croisés. Elle ne regardait même pas la télévision. Elle se posait dans un coin, un point c'est tout, et semblait béatement satisfaite, et inconsciente du poids qu'elle représentait pour la maîtresse de maison.

« Vous sortez ce soir ? lui demanda Sig avec espoir.

— C'est possible. Bernard va passer.

— Bernard Simples ?

— Oui. Nous parlerons placements.

— Placements ? Mais vous ne voulez placer votre argent que dans votre sac !

— Mais non ! Bernard me téléphone presque tous les jours. Il me tient au courant de l'évolution de sa position sur le marché, à terme ou au liquide.

— Au comptant, pas au liquide », la corrigea Sig.

Qu'est-ce qui se tramait ? Simples essayait-il de dépouiller la pauvre innocente ? Mais non ! C'était un architecte universellement respecté, à la réputation bien établie. Il était hors de question qu'il mette son nez dans les investissements de Mme Schatz, décida Sig, qui considérait que c'était son domaine réservé ; elle saurait l'en empêcher, quitte à mettre les pieds dans le plat. Il fallait tirer cette affaire au clair immédiatement. Malheureusement, on sonnait à la porte. Sig vérifia son maquillage dans le miroir de l'entrée, rafraîchit son rouge à lèvres avec le tube qui était rangé dans le tiroir de la console et ouvrit à Paul.

Quelques flocons de neige, assortis à ses tempes blanches, s'étaient déposés sur les larges épaules de son manteau en cachemire bleu marine. C'était un très bel homme, en dépit de son âge.

« Le noir aussi vous va magnifiquement », lui dit-il, comme s'il se souvenait du compliment qu'il lui avait fait sur la piste de danse du Rainbow Room.

Sig l'aida à enlever son manteau puis tendit une main et ne résista qu'à la dernière seconde à l'impulsion de secouer la neige sur ses cheveux. Mais qu'est-ce qui me prend ? se dit-elle. « Il y a de la neige par terre ? » demanda-t-elle du ton le plus naturel qu'elle put.

Il hocha la tête en souriant, et regarda ses jambes. « Vous devriez peut-être mettre des bottes plus pratiques, ajouta-t-il avec un clin d'œil taquin, mais ce serait dommage, celles-ci vous vont très bien. »

Sig baissa la tête et se sentit rougir. Sa mère avait peut-être raison, après tout : elle avait besoin du regard et de l'approbation d'un père. Sous l'effet du compliment de Paul, elle eut l'impression de redevenir une petite fille, qui se balançait d'un pied sur l'autre en cachant ses mains dans son dos. Au prix d'un immense effort sur elle-même, elle suspendit calmement le manteau de Paul sur une patère, et remarqua qu'il avait à la main un sac en papier de sa couleur préférée : le bleu du plafond de sa cuisine. Le bleu Tiffany. Son cœur s'emballa. Aurait-il acheté une bague pour Phyllis ? Allait-il la demander en mariage ? Bizarrement, Sig constata que le soulagement qu'elle éprouvait à cette idée était mêlé d'un étrange sentiment, un peu amer. Regret, déception, jalousie ?

Grands dieux! Elle perdait vraiment la tête! Ce devait être à cause des fêtes; de toutes ces musiques sirupeuses, et de l'avalanche de films de Capra à la télévision. Elle était contente d'avoir rompu avec Philip, mais il allait falloir qu'elle se trouve quelqu'un d'autre, avant de sombrer dans l'abîme du complexe d'Electre. Si elle en avait les moyens, elle s'offrirait quelques séances chez le docteur Lefer, son vieux psy.

«Maman n'est pas tout à fait prête, dit-elle. Entrez un instant.

— La duègne est là? demanda Paul, épanoui.

— Mme Schatz? Je crains que oui.

— Quand on couche avec des puces...» Paul s'amusait à évoquer la plaisanterie de Monty. Sig entra dans le jeu.

«On attrape la Schatz», répondit-elle en riant. Dans le salon, Paul, à sa grande déception, prit place non sur le canapé mais dans un fauteuil. Sig allait s'asseoir en face de lui lorsqu'on sonna.

C'était Bruce et Todd, en compagnie de Bernard Simples. «Joyeuses fêtes!» s'exclama Bruce. Les trois hommes étaient saupoudrés de neige. Les éléments se déchaînaient et on pouvait lire un avis de tempête sur le visage de Todd. Il avait l'air lugubre. A quoi jouait donc Bruce? Allait-il s'acoquiner avec un barbon pour son argent? Sig en eut la chair de poule, et imagina sans peine l'état d'esprit de Todd.

Ils étaient pourtant d'humeur festive. Bernard arborait un brin de houx à son revers, Todd portait un pull-over vert et rouge et l'écharpe que lui avait offerte Sig était nouée autour du cou de Bruce, qui était encombré de nombreux paquets.

212

«Joyeux Noël, dit-il en embrassant Sig qui sentit le froid de l'extérieur mordre sa joue.

— Bruce, tu n'aurais pas dû.

— Et pourtant, je l'ai fait. Les commandes sont rentrées. Je n'ai jamais fait une saison pareille. Tata Noël a fini par payer. Je sortirai bientôt du rouge. Et Bernard m'a prêté de quoi tenir jusque-là.»

Simples sourit à Bruce et à Sig. «Le noir vous va bien, à tous les deux», dit-il. Sig s'efforça de prendre un air aimable, mais ce visage de crapaud la gênait trop. Elle les fit entrer dans le salon. Bernard alla immédiatement s'asseoir à côté de Sylvia, tandis que Bruce et Todd échangeaient une poignée de main avec Paul Cushing.

«Joyeux Noël à tous!» s'écria Bruce en tendant un paquet à Paul, et un autre, plus grand, à Mme Schatz. Puis il offrit un cadeau à Bernard Simples, à Todd et à Sig. «J'ai quelque chose pour maman dans ma poche», ajouta-t-il fièrement, avant de se laisser tomber sur le canapé. Il était manifestement très content de lui.

«On les ouvre maintenant? demanda Sylvia.

— Pourquoi pas? Les juifs ouvrent toujours leurs cadeaux de Noël à l'avance», répliqua Bruce.

Sylvia fut la première à déchirer le papier qui enveloppait une grande boîte étincelante, qu'elle ouvrit.

«Seigneur! s'exclama-t-elle, le souffle coupé, en exhibant un magnifique sac Fendi en cuir.

— Je me suis dit qu'il vous plairait, sourit Bruce. Ce doit être la bonne taille, et au moins il ferme!

— Seigneur! répéta Sylvia. Ça me laisse sans voix.

— Ce n'est pas un mal», murmura Bruce. Pendant ce

temps, Bernard avait soigneusement ouvert son paquet, plié le papier cadeau et le ruban, et découvrait un volume de chez Rizzoli, aux imposantes proportions.

« Oh, Bruce, vous n'auriez pas dû ! protesta-t-il.

— Et pourtant je l'ai fait, répéta Bruce en regardant Sig et Paul. C'est la publication des premiers prix de l'Association internationale d'architecture. Todd a fait certaines des photos. Il y a trois immeubles de Bernard, dans le livre. »

Bruce sourit à Paul. « Vous n'ouvrez pas le vôtre ?

— Les dames d'abord », fit Paul.

Sig prit son petit paquet et en déchira le papier. A part son appartement et un travail qui lui rapporterait de l'argent, elle n'avait envie de rien ; sauf, peut-être...

« Je ne vois pas du tout... », dit-elle. Puis elle ouvrit la boîte. Son émeraude y reposait, sur un coussin de satin. « Oh, Bruce ! Oh, Bruce ! » Ses yeux se remplirent de larmes. « Comment l'as-tu récupérée ? Tu n'aurais pas dû !

— Et pourtant je l'ai fait, répéta Bruce une fois de plus, mais avec moins d'assurance. Attention, je ne l'ai pas achetée aux enchères. J'ai simplement arrêté la mise en vente. J'ai signé de ton nom pour la reprendre, mais bon... j'ai aussi un chèque pour toi, du montant que t'aurait rapporté la bague, moins la commission et les taxes. Enfin, je crois. Considère cela comme un prêt. »

Sig se jeta dans les bras de son frère.

« Assez, assez, dit-il en se relevant. Je vais voir ce que fait maman. Elle a sans doute besoin de moi pour mettre son mascara.

— Attendez une minute, intervint Paul en ouvrant son sac bleu Tiffany. Moi aussi, j'ai quelque chose pour vous. »

Il tendit un paquet à Bruce et à Mme Schatz. «Je ne savais pas que vous seriez des nôtres, cher ami, dit-il à Bernard, mais j'ai obtenu l'accord du conseil d'administration de la Whetherall : votre projet est retenu.

— C'est le plus beau des cadeaux, vraiment!» dit Bernard.

Puis Paul tendit une petite boîte à Sig, qui lui sourit. Comme il était bon et généreux! «C'est pour votre mère», dit-il à la jeune femme, qui sentit son cœur se serrer. Ce devait être une bague de fiançailles. Pourquoi était-elle triste? Elle avait atteint son but, non?

Sig tendit le paquet à Bruce. «Donne-le à maman, tu veux?» Et elle ajouta, à mi-voix : «Profites-en pour lui secouer les puces.»

Paul déballa le cadeau de Bruce : une belle écharpe brodée d'un fil d'argent assorti à ses cheveux, qu'il passa immédiatement autour de son cou.

Tout en admirant les divers cadeaux, Sig vit Bruce sortir de la chambre à coucher, aller à la cuisine, en sortir, ouvrir la porte des toilettes, puis traverser le couloir pour entrer dans la bibliothèque. Elle le rejoignit dans l'entrée. «Que se passe-t-il? Qu'est-ce que tu fais?

— Je cherche maman.

— Mais elle est dans ma chambre.

— Non. Elle n'est nulle part.

— C'est impossible, voyons. Je ne suis pas sortie de la journée, et elle non plus.

— Alors, trouve-la, puisque tu es si maligne!

— Vous avez perdu quelque chose, ma chère petite?» s'enquit Mme Schatz en la voyant passer.

Sig l'ignora ostensiblement et courut dans sa chambre. Rien. Elle ouvrit le placard, entra dans la salle de bains. Toujours rien. Puis elle vit une feuille de papier, collée sur le miroir de sa coiffeuse, et reconnut l'écriture de Phyllis.

Ma chère Sigourney,
Sharon foire, comme d'habitude, mais je crois que Bruce est enfin stabilisé. Todd a compris qu'il tenait à lui, et il lui convient parfaitement. Je suis inquiète à ton sujet. Tu ne sais pas ce qui compte vraiment, Sig, ni où le trouver. Tu t'es crue responsable de moi, de papa, de ton frère et de ta sœur. Tu serais capable de te sentir responsable du trou dans la couche d'ozone. Prends un peu de répit. Au lieu de vouloir régler tous les problèmes de la famille, occupe-toi des tiens. Regarde où sont tes vrais amis. Nous nous en tirerons. Et toi?
Je n'ai qu'un conseil à te donner : sois un peu plus tolérante, et raccourcis tes jupes.
Moi, je suis partie avec Monty. Ne te mets pas en colère, ne te fais aucun souci et ne me cherche pas. Tout se passera très bien, je te le promets. Je l'aime, et il m'aime. Je suis heureuse, Sig. Et je te souhaite la même chance.

Sig sortit de la chambre à coucher, ouvrit la bouche pour parler, ne put émettre un son, froissa la lettre et se mit à pleurer.

«Que se passe-t-il?» Paul s'approcha d'elle en hâte. «Sig, voyons, qu'est-t-il arrivé?

— Maman s'est enfuie avec Monty, avec ce chercheur

d'or ! Mais elle n'a pas un centime.» Sig sanglotait bruyamment, on aurait dit qu'elle avait le cœur brisé. Paul la prit dans ses bras.

«Comment ça, elle s'est enfuie ?» demanda Bruce. Sig lui tendit la lettre, qu'il parcourut rapidement. «Venez, Sylvia. Elle doit être dans le hall, à bavarder avec le gardien. Allons la chercher.» Mme Schatz se leva sans enthousiasme, prit son sac à la main, et suivit Bruce.

Paul lâcha Sig, qui alla chercher un mouchoir à la cuisine. Il fallait qu'elle se ressaisisse. Sa mère avait peut-être bluffé. Appuyée au plan de travail, elle tentait de retrouver son calme lorsque Paul entra, sans faire de bruit.

«Ça va mieux ?» Il était très près d'elle. Sig sentait son odeur, un agréable mélange de savon et d'autre chose.

«Oui, oui.» Mais elle éclata une fois encore en sanglots et, machinalement, fit un pas en avant et se réfugia contre son épaule. Paul referma ses bras sur elle et la retint contre lui.

«C'est de ma faute, dit-il. Je vous avais dit que j'avais entendu des rumeurs sur Dunleathe. J'aurais dû pouruivre mes investigations. J'aurais dû…

— Vous étiez au courant ?

— Non. Bien sûr que non. Mais j'avais compris qu'il lui manquait beaucoup. J'ai fait ce que j'ai pu pour lui changer les idées.»

Sig releva la tête et le regarda. Paul se pencha sur elle et posa ses lèvres sur les siennes. Une décharge électrique la parcourut, la priva de toute possibilité de réaction. Il y avait si longtemps qu'on ne l'avait pas embrassée comme ça. On ne l'avait peut-être même jamais embrassée comme ça. Les lèvres de Paul étaient incroyablement douces, la main posée sur sa joue, et qui maintenait son visage levé, était ferme. Sans réfléchir, Sig posa sa propre main sur celle de Paul. Soudain, elle prit conscience de ce qu'elle était en train de faire. Elle embrassait le soupirant délaissé de sa mère, et elle y prenait plaisir. Elle se dégagea, repoussa Paul. Brutalement.

« Qu'est-ce que vous faites ?

— Ça me semble évident, non ? » Paul haussa les épaules, lui prit la main. « Et j'ai très envie de recommencer. Je crois que je peux faire mieux encore.

— Mais… »

Il prit un mouchoir et entreprit de tendrement essuyer les yeux de Sig. « Vous êtes si belle, Sig, et si intelligente. Mais vous êtes une jeune personne très lente…

— Je ne suis pas une jeune personne.

— A mes yeux, si. N'oubliez pas que je suis plus vieux que vous. Beaucoup plus vieux. » Paul sourit, mais il y avait de la nostalgie dans son regard. « Pas trop vieux, j'espère. Ce sera à vous de juger. » Il termina de lui sécher les joues, et secoua la tête. « Je n'avais pas prévu ça. Pas du tout. Mais vous êtes vraiment une jeune personne très lente. Et une vraie femme. Vous avez de la chance : j'aime les jeunes personnes lentes. Et les vraies femmes. »

Il posa sa main sur l'épaule de Sig, qui recula malgré la vague de chaleur qui se répandait dans sa nuque et tout le long de son dos.

« Mais… vous sortez avec ma mère.

— Vous voyez ? J'ai vraiment raison, vous n'avez pas l'esprit très vif, sourit Paul. Votre mère ne s'est jamais intéressée à moi. Elle m'a beaucoup parlé de Monty, qui lui plaisait terriblement. Moi, en revanche, c'était vous qui m'intéressiez.

— Comment ?» hoqueta Sig, qui prit conscience simultanément de ses paroles et de l'imparfait du verbe. La déclaration l'enchantait, l'imparfait la bouleversait. «C'était ? répéta-t-elle. C'était moi qui...»

Paul l'attira doucement contre sa poitrine. «Vous voyez comme vous êtes lente ? dit-il d'une voix indulgente. Les fleurs que j'ai fait envoyer au Pierre, vous vous en souvenez ? Elles étaient pour vous. Mais comme vous n'avez pas semblé le remarquer, j'ai cru que vous me trouviez trop vieux.

— C'était moi qui vous intéressais ? répéta encore Sig, incrédule, n'osant y croire. Et je vous intéresse toujours ?

— Oh que oui. Au passé, au présent et au futur. N'importe qui s'en serait rendu compte, sauf vous. Demeure la question fondamentale : un barbon comme moi a-t-il une chance de vous plaire ?»

Sig se sentir rougir. Paul avait-il eu vent de l'opération Recherche du Barbon ? Il la contemplait. Ses yeux étaient sérieux et très bleus ; dans ses cheveux, le sel avait gagné sa bataille contre le poivre. La douceur du daim de sa veste caressait la joue de Sig, qui se frotta contre son épaule. Alors il lui releva la tête et l'embrassa longuement, amoureusement.

Sous le choc, Sig non seulement y prit plaisir mais lui rendit son baiser. Paul s'écarta enfin. «Sigourney, dit-il, c'est pour vous que je suis venu aussi souvent. Le soir où nous nous sommes rencontrés au Pierre, apparemment par hasard, j'y avais accompagné Wendy dans l'espoir de vous croiser. J'ai une sincère affection pour votre mère, vraiment. Elle vous ressemble tellement. Directe, honnête, indépendante. Mais je n'y peux rien, Sig.

— Contre quoi ne pouvez-vous rien ?» lui demanda Sig, qui se sentait fondre dans une langueur rêveuse.

— J'ai envie de vous, de vous aimer. La première fois que je vous ai vue, assise en face de moi à ce dîner de bienfaisance, j'ai remarqué votre visage si parlant, si intelligent, si courageux. Ce visage me disait : pour me conquérir, il faut être un homme, un vrai. Il trahissait votre impétueux désir de vivre. Aujourd'hui je dois vous parler, Sig. J'ai pas mal souffert. La vie ne m'a pas fait que des cadeaux. Mais je veux profiter du temps qui me reste. Je suis doué pour le bonheur, ce qui n'est pas donné à tout le monde. Votre mère a ce talent. Et vous aussi.

— Impétueux désir de vivre ?» s'étonna Sig, dont le visage s'était radouci. Les compliments de Paul la bouleversaient. Il s'était passé quelque chose de bien plus grave qu'un simple baiser.

«J'adore votre mère, Sig. Je vous aiderai à la retrouver, je vous le promets. Mais c'est vous que j'aime. Quelle que soit la longueur de vos jupes.» Sig avait le souffle coupé. «Je suis vieux jeu, Sig, vieux jeu et vieux tout court. Mais je suis encore en état de marche. Il ne me reste pas beaucoup de temps, donc je suis impatient. Mais je ne suis pas du genre à me galvauder à droite et à gauche. Vous n'êtes pas obligée de me répondre tout de suite, mais je veux que vous y réfléchissiez : voulez-vous m'épouser, Sigourney ?»

Le bonheur la submergea. «Je ne sais pas… C'est si… Je

crois que oui. Oui. » Elle se tut un instant, puis reprit : «Mais avant, il faudra que vous fassiez quelque chose pour moi.

— Je suis à vos ordres. Faut-il que je terrasse le dragon? Que je tue Montague Dunleathe? Que je lance une OPA hostile?

— Rien de tout ça. Je veux que vous m'embrassiez encore de temps en temps.»

Il lui décerna son sourire le plus ravageur.

«Tout le plaisir sera pour moi, dit-il. Et pour vous, si je ne suis pas trop maladroit. Quoi d'autre?»

Sig reprit son sérieux. «Aidez-moi à retrouver maman. Ce sera mon cadeau de Noël.»

Chapitre 21

PHYLLIS s'étira en ouvrant les yeux. Avec l'âge, son sommeil était devenu très léger, mais, désormais, elle ne considérait plus cela comme un inconvénient. La nuit durant, Monty et elle, assoupis, s'étaient éveillés au premier mouvement de l'autre, avaient échangé quelques mots, une pression de main, puis s'étaient rendormis. Elle sourit de contentement. Certes, elle n'était pas un poussin de la dernière couvée, mais elle était assez fière d'elle.

Monty n'était pas un adonis, son ventre pendait presque autant que ses seins à elle, mais il était doué pour l'amour. Dès leurs retrouvailles à l'aéroport, il lui avait pris la main et ne l'avait plus lâchée, ni pendant le vol jusqu'aux Caïmans, ni dans le taxi qui les conduisit à l'hôtel. « Pas question de prendre le risque de te perdre encore une fois, déclara-t-il. Après t'avoir fabriquée, ils ont cassé le moule. »

Et comme Phyllis était du même avis, elle ne discuta pas.

Les îles Caïmans, bien que tropicales, ne ressemblaient pas du tout à la Floride. Voilà un endroit qui pourrait lui plaire, songeait Phyllis. Longues plages de sable blanc balayées par le vent, centaines de palmiers ondulant doucement, pas de Croisette à l'horizon et, même s'il y avait des gens âgés, on y voyait aussi des jeunes, et tout ce petit monde avait l'air beaucoup plus actif et vivant que le défilé de tristes figures qui paradait sur la promenade en Floride. Jeunes et vieux jouaient au tennis sur les courts éclairés, montaient à bicyclette et disputaient des parties de golf sur les nombreux terrains de l'île.

Lorsque le taxi les déposa devant l'hôtel, une superbe bâtisse blanche croulant sous les fleurs qui dégoulinaient de chaque balcon, tant de beauté lui coupa le souffle. Rien à voir avec les prétentieux palaces de Floride. Et il n'y avait pas de Canadiens français.

« Ça te plaît ? lui avait demandé Monty.

— C'est très joli. Nous prenons une chambre ou une suite ? » s'enquit-elle pour le taquiner. Depuis qu'elle avait habité le Pierre, elle connaissait la différence. Pendant le vol, Monty lui avait exposé en détail sa situation financière et la façon dont ses concurrents l'avaient illégalement évincé et discrédité. Il était moins riche qu'avant, mais beaucoup moins pauvre qu'elle ne l'avait cru. Mais Phyllis se moquait de l'étendue de sa fortune. Ce qui comptait, c'était sa façon de dépenser son argent.

« Choisis la chambre que tu veux, avait déclaré Monty. L'hôtel est à moi. »

Phyllis éclata de rire, puis comprit que pour une fois il ne plaisantait pas. « Je pensais que la réalité gagne toujours à être enjolivée, dit-elle, mais je commence à changer d'avis. »

223

D'autres surprises l'attendaient à l'intérieur : une *menora* de Hanouka, un arbre de Noël et une vraie bague de fiançailles, un splendide saphir avec un collier assorti. Puis on leur servit un dîner aux chandelles, sur le balcon avec vue sur la piscine et l'océan, avant qu'ils ne se mettent au lit.

Phyllis était sidérée d'être encore capable de tant de passion. Elle tira le drap sur ses épaules en souriant aux anges. Cela faisait si longtemps qu'elle avait oublié. Ce n'était pas comme de monter à bicyclette. Il fallait aussi avouer qu'en la matière Ira n'avait jamais été un… disons un artiste. Dans ce domaine il était plutôt du genre steak-frites, alors que Monty penchait vers le caviar aux pêches. Elle était fière d'elle. On pouvait apprendre de nouveaux tours à un vieux singe, la preuve, Monty lui en avait déjà montré un ou deux.

Et puis, il y avait la tendresse. Ira s'endormait comme une masse, mais Monty, lui, avait l'air d'aimer la serrer amoureusement contre lui. Bon, s'avoua-t-elle en lui jetant un coup d'œil, à regarder, il ne cassait pas des briques. Ira était beaucoup plus beau. En outre, Monty dormait la bouche ouverte, et il lui arrivait de ronfler. Mais elle aussi, selon lui.

Il ne se réveillait pas. Impatiente, Phyllis lui donna un petit coup de coude. Ils n'avaient pas de temps à perdre. Ils n'avaient pas quarante ans devant eux, songea-t-elle, le cœur un peu serré. Il fallait profiter de tous les instants, vivre à plein temps. « Monty, réveille-toi. »

Il sourit, sans ouvrir les yeux. « Alors je ne rêvais pas, dit-il. Tu es vraiment là, mon amour. » Puis il attira Phyllis contre lui.

Sig s'étira en ouvrant les yeux, effrayée un instant à la pensée que ce n'était peut-être pas vrai. Et si, en tournant la tête, elle s'apercevait que Paul n'était pas là ? Elle avait traversé son lot de misères : des aventures avortées, la lutte pour le pouvoir dans sa société, la quasi-faillite de son frère, la mort de son père, sa sœur... et avait survécu à tout. Mais s'il lui fallait découvrir qu'elle avait rêvé cette tendresse, cette passion, elle ne le supporterait pas. Si elle avait rêvé, ou s'il ne restait pas avec elle, son cœur se briserait. Car, malgré l'âge de Paul, malgré leurs imperfections à tous les deux, elle n'avait jamais rien connu de tel que la nuit qui venait de s'écouler.

Les hommes plus vieux avaient un avantage, qu'elle découvrait : ils prenaient leur temps, ils savaient s'y prendre avec les femmes. Paul entrait dans cette catégorie. Il était sûr de lui, il n'avait pas peur de montrer ses sentiments. En matière d'érotisme, pas un jeunot ne lui arrivait à la cheville. Philip, par exemple, se comportait en sportif bien entraîné. Tout en le déplorant, Sig en était venue à croire que les hommes étaient incapables d'émotion, et lorsque des larmes de bonheur étaient montées au yeux de Paul, elle en avait été bouleversée. Lorsqu'il l'avait serrée contre lui, l'avait aimée avec tant de douceur, elle avait évoqué ses nuits avec Philip, dynamiques mais creuses, et elle en avait eu honte. Elle savait, maintenant, comment cela devait se passer, et elle ne l'oublierait pas.

Elle savait aussi qu'elle ne se contenterait plus jamais de moins. Il n'y aurait plus de Philip Norman dans sa vie. Elle voulait Paul Cushing, elle le voulait pour toujours, elle ne reculerait devant rien pour le garder. Puis elle tourna la tête et s'aperçut que Paul avait disparu. Le lit était vide.

«Je ne sais pas comment tu aimes ton café, mais j'espère que c'est noir, parce que tu n'as pas de lait», dit Paul, sur le pas de la porte.

Sig s'assit d'un bond. Paul avait revêtu sa robe de chambre en velours et l'effet produit était délicieusement comique. Il portait un plateau avec deux tasses, deux verres de jus de fruit et une assiette recouverte d'une serviette. Après avoir posé le plateau sur les genoux de Sig, il fit le tour du lit. «Mon peignoir te plaît?» demanda-t-il à Sig, en l'enlevant. Malgré ses taches sur les mains et les poils gris sur sa poitrine, elle le trouva élancé, mince et beau. «Il a impressionné Mme Schatz, que j'ai croisée dans la cuisine. Sans ses lunettes, elle m'a pris pour toi jusqu'à ce que je lui parle.»

Sig éclata de rire, éclaboussant les draps de café. «Hé, attention! s'exclama Paul. Ce n'est pas tous les jours que je prépare le petit déjeuner!» Son visage s'assombrit un instant, ce que Sig remarqua immédiatement aux rides qui se creusaient alors autour de sa bouche. «Je ne cuisine pas, c'est une de mes lacunes, dit-il, mais pour toi, je me sens capable d'apprendre.» Il se pencha pour l'embrasser avant de poursuivre : «Je n'ai pas tout oublié pour autant. Mon bureau a retrouvé la trace de ta mère à l'aéroport, où elle a rejoint Monty. Ils ont embarqué sur un vol extérieur. Elle a donc quitté le pays avec lui. Il me faudra un peu de temps pour les localiser. L'administration est parfois récalcitrante. Mais nous la trouverons, Sig.»

Elle n'en doutait pas. Mais, pour le moment, elle ne dési-

rait qu'une chose : l'embrasser sans relâche, jusqu'à la fin
des temps. Il avait raison : elle était lente. Au lieu de céder
à son envie, elle lui tendit une tasse de café. «Je suis désolée pour le lait. Tu en prends, d'habitude?

— J'aime le café avec de la crème, et sans sucre, Sig, dit-
il en souriant. Je ne sais pas pourquoi, mais ça me fait penser à toi, cette association.» Il lui caressa doucement la
nuque, et Sig crut qu'elle allait ronronner. «C'est sans doute
parce que je ne pense qu'à toi, sans arrêt.» Il posa sa tasse
sur la table de chevet. «Enlève ce plateau, dit-il, j'ai quelque
chose que je voudrais partager avec toi.»

Sig se débarrassa du plateau en gloussant.

«Tu veux bien m'épouser aujourd'hui? lui demanda Paul
en nouant ses bras et ses jambes autour d'elle. Je suis vieux
jeu, je te l'ai dit. Les liaisons, ce n'est pas mon genre. Je veux
t'épouser. Je veux que tu sois ma femme. Je veux que tu
portes la bague que je t'offrirai, et mon nom. Politiquement,
ça doit être très incorrect, mais c'est une pulsion irrésistible.
L'une des deux pulsions irrésistibles que j'éprouve à cet instant précis.» Il l'attira tout contre lui, l'empêchant presque
de respirer.

«Je veux garder mon nom, dit Sig. Et je veux aussi autre
chose.

— D'accord pour tout, souffla Paul à son oreille. Moi,
c'est toi que je veux.»

Les orteils de Sig se crispèrent. Elle n'avait jamais remarqué que le courant passait aussi directement de son oreille
à son autre canal. Le souffle coupé, elle gémit doucement.
«Oh, Paul.» De sa langue, il lui effleurait oreille, en mor-
dillait doucement le lobe. L'image de la robe de mariée,

celle de chez Bergdorf, s'était soudain imposée devant ses yeux. Elle recula pour lui en parler. «J'ai vu une robe. Une robe de mariée magnifique. Ça a peut-être l'air stupide, mais je voudrais me marier en blanc.

— Ce n'est pas stupide, c'est émouvant. C'est naturel. Tu auras ta robe, bien entendu. Et même un voile, si tu le souhaites. Epouse-moi, murmura-t-il. Epouse-moi, sinon je ne te lécherai plus jamais l'oreille. C'est oui ?

— Oui. Oui. Oui.»

«Nous sommes aux Caïmans. Dans les îles. Nous nous sommes mariés avant-hier.» Phyllis hurlait au téléphone, comme si elle se croyait obligée de combler physiquement le vide entre New York et les Caraïbes. «En fait, Monty est très riche. Mais il ne voulait pas être aimé pour son argent. Quand il a tout perdu, en 1984, il a appris à reconnaître ses vrais amis. Et ils n'étaient pas légion. Il est reparti de zéro, il a rebâti sa fortune, ajouta fièrement Phyllis. Ces chèques sans provision, c'était pour nous mettre à l'épreuve. Je lui ai dit que ce n'était vraiment pas gentil, et il s'est excusé. Il ne recommencera pas. Toi, Bruce et Sharon, vous allez recevoir un beau cadeau, pour compenser.

— Maman, je vais me marier.

— Non, Susan, je t'ai dit que je m'étais déjà mariée, cria Phyllis de plus belle. Avec Monty.

— Félicitations. Mais je ne parle pas de toi. Je parle de moi ! J'épouse Paul Cushing, la veille de Noël.»

La nouvelle réduisit Phyllis au silence pendant quelques

secondes. Puis elle reprit, d'un ton normal : «Dieu merci !
Tu as fini par te réveiller, alors ?
— Tu n'es pas étonnée ?
— Pas le moins du monde. Tu lui as plu tout de suite.
— Tu le savais ?
— Evidemment. j'ai essayé de t'en parler, mais tu étais
aveugle. *Mazel Tov !* Voilà que nous allons toutes les deux
épouser des non-juifs. Enfin, c'est mieux que de n'épouser
personne, ajouta Phyllis en riant.
— Maman, tu sais, je crois que je l'aime. Que je l'aime
vraiment.
— Ça aussi, je le savais. J'attendais tranquillement que
ton cerveau percute. Il t'a donné une bague ? Un saphir,
comme le mien ?
— Non, reconnut Sigourney.
— Ne t'en fais pas, ça viendra.» Un grand bruit retentit
sur la ligne : soit Phyllis avait éclaté de rire, soit il y avait
des interférences. Quand le vacarme cessa, la ligne était cou-
pée.

«Maman a téléphoné», annonça Sig à Bruce et Sharon
qu'elle avait appelés du bureau, en conférence à trois.
Autant bavarder, puisqu'elle était incapable de travailler.
Elle avait la tête bourdonnante de projets et le cœur vibrant
d'espoir. Quelle vulgarité, Sigourney ! se morigéna-t-elle.
«Où est-elle ? demanda Sharon.
— Où est Monty ? Que j'aille lui casser la figure.
— Ne pense plus à ça, Bruce. C'est ton beau-père, main-
tenant. Et il est bourré. Paradis fiscaux et compagnie. Sa

réputation est peut-être pourrie, mais il est riche. Très riche. Mais je ne vous ai pas donné la nouvelle la plus importante.

— Il y a plus important que ça ? s'étonna Bruce.

— Vas-y, s'impatienta Sharon.

— Je vous invite à une petite fiesta, demain.

— Oh non ! Pas ton brunch pour la liste C, j'espère ! Ni encore un de ces ridicules repas de Noël !

— Non. Je vous invite à mon mariage.

— J'ai compris : je vous invite à mon mariage ! gloussa Sharon.

— C'est bien ce qu'elle a dit, rétorqua calmement Bruce. Alors Paul Cushing s'est décidé, et tu as accepté ?

— Tu étais au courant ? s'écrièrent ensemble Sharon et Sig.

— Je suis hypersensible aux vibrations. Il y avait du mariage dans l'air. Grippe coréenne et mariage sont deux virus concomitants. Todd et moi, nous l'envisageons aussi.

— Tu te moques de nous ! protestèrent les deux sœurs d'une même voix.

— Mais non. C'est la saison qui veut ça. Tu connais cette chanson ? *Voici venu le mois des mariages...*

— Je ne me sens pas concernée, ronchonna Sharon.

— Je suis vraiment heureuse pour maman et Monty, et pour Todd et toi. Alors ? Vous viendrez demain ?

— Et comment ! fit Bruce.

— Moi aussi. Avec les enfants. Demoiselle et garçon d'honneur. Il t'a offert une grosse bague ?

— Sharon ! On croirait entendre maman ! protesta Sig.

— C'est impossible, décréta Bruce. Nous ne lui ressemblerons jamais. Oh, Sig, à propos, tu auras besoin d'aide, pour tes cheveux ? »

Sig raccrocha en riant. Elle avait une foule de choses à faire : paperasserie, coups de fil, préparatifs divers. En même temps que tous ces événements, il s'était produit un brutal renversement de situation au plan professionnel : Monty lui avait demandé de s'occuper de certains placements, et Bernard Simples et Sylvia Schatz avaient pris l'étonnante décision de lui confier leur argent. Comme si cela ne suffisait pas, Paul l'avait chargée de gérer les fonds bloqués de Wendy. Une somme considérable. Mais tout cela attendrait jusqu'à l'année prochaine. D'un doigt insouciant, elle éteignit son terminal et se prépara à quitter son bureau bien avant l'heure habituelle. Elle avait à s'occuper de son mariage puis elle partirait une semaine en voyage de noces avec Paul.

Chapitre 22

OUR une fois, ce n'était pas autour de Phyllis mais de Sigourney que Bruce s'affairait. Il recula d'un pas pour admirer son œuvre et poussa un soupir de ravissement. «Grands dieux! On se croirait dans *Peau d'âne*, lorsque Jean Marais doit choisir une femme plus belle que sa défunte épouse, et que la seule qu'il trouve est sa propre fille!» Comme d'habitude, Bruce était un peu surexcité, mais Sig l'aimait, et savait qu'il était heureux pour elle. Au lieu de le gronder, elle embrassa son original de frère. «Oh, s'exclama-t-il, nous voilà en plein film français! Serais-tu Catherine Deneuve, Sig? Tu es absolument splendide!» Sig le crut et lui sourit. «Attends que je retouche ton rouge à lèvres, et je t'interdis désormais d'embrasser qui que ce soit!»

Sig portait la robe de mariée en satin et tulle de chez Bergdorf, et ne se sentait pas le moins du monde ridicule. A cœur vaillant rien d'impossible, disait Paul. C'était pour lui qu'elle était habillée ainsi, et il avait raison.

Elle était allée jusqu'au voile, et n'avait plus la moindre impression d'être la mère de la mariée. Paul, mûr, expérimenté et si aimant, la rajeunissait. Elle ne se sentait ni trop vieille, ni pathétique, ni trop habillée, mais belle, à l'apogée de sa beauté.

L'image que lui renvoya le miroir ne l'étonna pas : ses yeux étincelaient, ses cheveux brillaient, le satin de la robe chatoyait. La simplicité de la cérémonie, un simple mariage civil à la mairie, et le nombre réduit de leurs invités : Bruce, Todd, Sharon, Barney, ses neveu et nièce, Wendy et Sylvia Schatz, n'entamaient en rien le bonheur de Sig. Avec Paul, ils étaient les seules personnes qu'elle ait envie de voir.

Plus sa mère, bien entendu. Elle aurait aimé qu'elle et Monty soient auprès d'elle. Mais Sig avait compris, désormais : si c'était ce genre de sentiment que sa mère éprouvait pour Monty, elle avait eu le plus grand tort d'essayer de s'interposer entre eux. Paul pourrait être sans le sou qu'elle n'hésiterait pas un instant à lier sa vie à la sienne. La perspective de tous les gestes du quotidien qu'ils accompliraient ensemble la remplissait de joie : préparer le dîner avec lui, l'aider à élever Wendy, aller au cinéma ou bavarder, tout serait une fête. Quelle banalité, Sigourney ! se tança-t-elle. Que ce bonheur soit banal ou pas, elle le souhaitait à sa mère. Elle espérait que le voyage de noces de Phyllis aux îles Caïmans serait aussi agréable que celui que Paul et elle passeraient dans son appartement new-yorkais que Paul avait acheté et mis à leurs deux noms. Sig avait gagné le gros lot, et désirait mieux qu'un lot de consolation pour sa mère.

Le temps passait. Paul n'était pas censé la voir dans ses beaux atours avant la cérémonie ; rendez-vous était pris à la mairie. Mais il leur avait envoyé une limousine. Sigourney n'était pas superstitieuse, elle n'aurait pas craint que Paul la voie avant la cérémonie. Plus rien, se disait-elle, ne pourrait jamais lui porter malheur, car elle avait tout ce qu'elle pouvait désirer au monde. Sa vie était désormais placée sous une bonne étoile. Si quelqu'un savait, par expérience, comment réussir une vie de couple, c'était Paul. Il avait aimé sa défunte épouse, il avait aimé leur fils et il aimait sa petite-fille. Le mariage, il connaissait, et il lui apprendrait si nécessaire.

Le portier leur annonça l'arrivée de la limousine. Sig et Bruce prirent l'ascenseur. Au rez-de-chaussée les attendaient Jessie et son frère, tous deux en costume de velours bordé de fourrure. Dès que Sig apparut, les enfants se précipitèrent sur elle pour lui jeter des poignées de riz et de confettis. «Pas maintenant! hurla Sharon. Pas maintenant, voyons! Après, quand tatie Sig sera mariée!

— Votre mère a raison, intervint oncle Bruce. Et n'abîmez pas sa robe!» Il épousseta les épaules de Sig et se tourna vers Sharon, qui portait un ensemble en velours bleu mal coupé. «Où est Barney?

— Je l'ai quitté.»

Sig et Bruce se figèrent de surprise. «Tu te moques de nous! s'exclama enfin Sig.

— Mais enfin, réfléchissez! En Amérique, un mariage sur trois finit en divorce, protesta Sharon, la reine des sondages. Si je romps la première, maman et toi vous avez toutes vos chances.

— Sharri, sérieusement, que s'est-il passé?

— Les enfants, montez en voiture», ordonna Sharon à Jessie et Travis qui obéirent. Elle put enfin exploser. «Que Barney soit un bon à rien, Sig, passe encore! Mais qu'il en soit fier, c'est insupportable ! Tu te rends compte qu'il a refusé un travail, alors qu'on ne sait pas comment régler la cantine des enfants ? Et que c'est toi qui paies l'école ? La coupe était pleine.

— Encore un miracle de Noël», s'écria Bruce en regardant le ciel menaçant. Il allait certainement neiger. «Tu peux compter sur moi, Sharon, je t'aiderai par tous les moyens. Sauf financièrement, bien entendu.» Ils éclatèrent tous de rire.

«Toutes mes félicitations, Sharon, dit sérieusement Sig. Tu mérites mieux.

— Mieux vaut seule qu'accompagnée de Barney, répondit Sharon.

— C'est l'heure ! On ne fait pas attendre un homme, voyons ! s'écria Sylvia Schatz qui attendait dans la voiture. Il aura les pieds gelés.

— Les pieds ou autre chose, avec ce froid», dit Bruce.

Sig entra la dernière dans la longue limousine et le chauffeur prit le chemin de l'hôtel de ville.

A la mairie, pourtant assez sinistre, Sig ne regretta pas un instant d'avoir payé si cher sa robe de mariée. Royale, elle avançait dans les longs couloirs, plus belle qu'elle ne le serait jamais. Sur un écriteau défraîchi, on pouvait lire, en lettres d'or : «Bureau des mariages», au-dessus d'une flèche. Le panneau semblait plus vieux que les murs. Combien de futures épousées l'avaient-elles contemplé avec émotion ? Etaient-elles toutes aussi heureuses, aussi comblées que moi ? se demandait Sig. Les couloirs se succédaient ; la petite troupe parcourut l'immense bâtiment, derrière Sig, et atteignit enfin le Bureau des mariages, que précédait une antichambre meublée de sièges dépareillés où attendaient des gens qui l'étaient plus encore. Les fêtes produisaient vraiment des couples curieusement assortis. Sylvia tint la porte à Sig, qui entra, dans sa robe à quatre mille huit cents dollars. Son apparition éclipsa la très enceinte future mariée accrochée au bras d'un promis nerveux, le couple qui convolait avec ses deux enfants comme témoins, l'employé maussade qui dépérissait d'ennui derrière son bureau, et illumina la grisaille ambiante. Sig ne vit que Paul, qui l'attendait, debout à côté de Wendy. Lorsqu'il se tourna vers Sig et lui sourit, son regard, l'amour qu'elle y lut, son bonheur manifeste lui firent trouver belle la fille enceinte dans sa robe en polyester de quatre sous. Resplendissante, Sig était une princesse, pas une femme d'affaires, et sa beauté transcendait toutes choses autour d'elle. Paul vint à elle.

«Le maire ne va pas tarder, dit-il en lui prenant le bras.

— Minute! s'interposa Bruce. Vous me volez mon rôle. C'est à moi de vous la donner.» Il posa une main de propriétaire sur sa sœur. «Elle n'est pas encore à vous!

— Un joli sourire, je vous prie», dit Todd qui faisait le point pour prendre une photo.

Mme Schatz exhiba une boîte, qu'elle tendit à Sig, qui l'ouvrit et découvrit deux superbes bouquets de mariée. Grands dieux! Dans l'affolement, elle avait oublié les fleurs! «Oh, merci, Sylvia. Mais pourquoi en avez-vous acheté deux?» Puis elle constata qu'il y avait aussi, dans la boîte, un mouchoir bleu et un minuscule médaillon.

«Quelque chose de vieux et quelque chose de neuf, vous

savez bien..., fit Sylvia. Après, vous me les prêterez, d'accord ? Le médaillon est ancien, les fleurs sont neuves, et le mouchoir...

— Mais pourquoi deux bouquets ? insista Sig.

— Il y en a un pour moi, avoua Sylvia. Je fais comme votre mère. Sauf en ce qui concerne le S-E-X-E.

— Pas possible ! s'exclama Bruce. Vous faites une fugue avec Monty ?

— Mais non, voyons », le réprimanda Mme Schatz. La plaisanterie, comme d'habitude, était passée bien au-dessus de sa tête frisottée. « Je me marie tout de suite après vous. J'espère que ça ne vous ennuie pas. »

Que signifiait ce nouveau délire ? se demanda Sig. Qui Sylvia Schatz se figurait-elle qu'elle allait épouser ? Elle n'était jamais sortie de l'appartement, sauf avec Phyllis. A part Todd, Bruce et Monty, le seul représentant du sexe masculin à qui elle avait adressé la parole était... « Bernard ? Vous épousez Bernard ? » Sig jeta un coup d'œil dans la pièce et l'aperçut, assis dans un coin. « Mais vous ne savez donc pas qu'il est...

— Ça me convient parfaitement. » Sylvia Schatz baissa la voix avant de poursuivre : « Je n'aurai pas à changer le monogramme sur mes serviettes de toilette. Il m'a promis de s'occuper de mon argent. Et il n'y aura pas de...

— De S-E-X-E, j'ai compris », épela moqueusement Sig qui serra Sylvia dans ses bras. Pourquoi pas, après tout ? Bernard Simples n'était pas un escroc. Il avait été marié une fois. On avait vu des couples encore plus bizarres vivre en parfaite harmonie.

« Gardez la pose ! C'est magnifique ! » Derrière son objectif, Todd était en extase.

« Sors de là, tu veux ? lui dit Bruce. Le rideau se lève ! » Il s'interrompit. « Mais non ! ceci n'est pas du théâtre, c'est un film de Frank Capra ! *La vie est belle*. Seigneur Dieu ! Incroyable ! C'est les fêtes, et je joue dans un film de Frank Capra ! »

Sig ne protesta pas, cette fois, contre les éternelles références cinématographiques de son frère. La vie était vraiment belle.

Aux yeux de Sig, la cérémonie se déroula comme un éclair qui durerait une éternité. Ses mains tremblaient sous le bouquet de mariée. Tout arrivait si vite, après avoir attendu si longtemps ! Et si elle commettait une erreur ? Pendant tout le discours du maire, elle fixa obstinément le visage de Paul. Ce n'était pas un jeune homme, elle ne le connaissait que depuis un mois, mais elle le chérissait de tout son cœur. Comment supporterait-elle la vie sans lui ? De combien d'années disposaient-ils ?

Le maire réclamait la bague. Bernard, le témoin de Paul, la prit des mains de Travis pour la leur apporter. Que je suis morbide, se dit Sig. Personne ne sait jamais ce qui va arriver. A tout instant, des vies peuvent êtres brisées : un test peut se révéler positif, un accident peut survenir, on peut être victime d'un acte de violence.

Comme pour faire écho à cette dernière crainte, la porte de la salle s'ouvrit à la volée et Montague Dunleathe fit irruption. « Nous ne sommes pas en retard ! Nous ne sommes pas en retard ! » Il exultait. Il s'effaça pour laisser passer Phyllis, bronzée et bien habillée, mais égale à elle-même. Sig examina immédiatement sa main gauche. Un splendide saphir et un anneau en diamant étincelaient à son doigt. C'était vrai !

« Je n'allais pas laisser ma fille aînée se marier sans moi, tout de même, dit Phyllis en souriant à la ronde, manifestement ravie de son effet. Mais ne vous gênez pas pour moi, continuez... »

Sig et Bruce échangèrent un regard résigné. Leur mère était une catastrophe naturelle et la plus fieffée des enquiquineuses. Mais ils l'aimaient.

La cérémonie s'acheva rapidement. Tous attendirent que Sylvia Schatz, Simples, désormais, et Bernard soient également mariés. « Je n'avais pas une aussi jolie robe que toi, murmura Phyllis à l'oreille de Sig, mais Monty m'a fait un beau cadeau de mariage. » Elle baissa encore la voix. « Un million de dollars, à mon nom, dans une banque des Caïmans. Et ce n'est pas un chèque en bois ! » Puis elle jeta un regard satisfait sur son saphir, pas tout à fait aussi gros que le diamant que Paul venait de passer au doigt de Sig, mais suffisant à son goût.

« Il vous offre un appartement aux Caïmans, comme cadeau de mariage.

— Nous n'avons pas besoin de cadeaux.

— Parle pour toi, Sig, intervint Bruce. Todd et moi, nous en profiterons volontiers.

— C'est vrai, ajouta Sharon. J'ai trouvé un travail, mais tous les suppléments seront les bienvenus.

— Tu as trouvé un travail ? » lui demanda Sig, stupéfaite. Todd prit une photo et Sig n'eut aucun mal à imaginer de quoi elle aurait l'air dessus.

« Toute seule ? » ajouta Bruce. Et Todd prit encore une photo.

« Tais-toi, Bruce, le gronda Phyllis. Sois gentil avec ta sœur, pour une fois. Toi, Sharon, tu as trouvé un travail toute seule ? » Et Todd prit une troisième photo.

« Quelques petits souvenirs pour l'album de mariage, minauda-t-il en s'approchant de ses prochaines victimes, les Simples.

— Documentaliste au siège de la Stirling Corporation », annonça timidement Sharon.

Bruce, Sig et Phyllis applaudirent bruyamment. « Bien joué ! s'écria Monty. Vous connaissez l'histoire du...

— Eh bien, dit Paul en interrompant la petite conférence familiale, nous avons beaucoup de choses à fêter ! En route ! »

Tous grimpèrent dans les voitures qui les attendaient pour les conduire au Carlyle, où Paul avait un pied-à-terre depuis des années.

Il avait fait préparer une collation dans sa suite, et s'apprêtait à ouvrir le champagne. « Aux jeunes mariés ! A nous six !

— Huit, en fait, intervint Bruce. Todd et moi, nous avons convolé. Ou, du moins, l'équivalent de la chose dans l'Etat de New York. » Et il tendit à la ronde sa main où brillait un anneau d'or.

« Que je suis fière de toi, Bruce, s'exclama Phyllis. Quant à vous, mon garçon, dit-elle à Todd en le serrant sur son cœur, je ne vous aimerais pas davantage si vous étiez médecin ! » Todd rougit, et recula pour prendre une photo de groupe.

«Toutes mes félicitations, et tous mes vœux de bonheur, dit Sig à Todd, qu'elle embrassa. Et pour toi aussi, ajouta-t-elle en prenant son frère dans ses bras.

— C'est beau, l'amour», entonna Sylvia, au bras de Bernard Simples.

Et voilà, plus de Mme Schatz, songea Sig, plus de plaisanterie sur les chattes. On se rattraperait sur les simples, voilà tout. Comme s'il l'avait entendue penser, Bruce se pencha vers sa sœur. «Au royaume des simples, Sylvia est reine…, souffla-t-il.

— Mais il en a fait une Simples, dit Paul. Alors que Sig ne sera jamais une Cushing. Votre sœur a refusé de prendre mon nom.

— Vous en avez fait une reine, tout de même, Paul, et la plus heureuse des femmes. Quel étrange et long voyage nous avons fait, ajouta Bruce en parcourant la pièce du regard.

— C'est vrai, répondit Sylvia Simples. La mairie est à l'autre bout de la ville.»

Sig rit, imitée par Phyllis. Paul remplit tous les verres. Sig lui lança un long regard complice. Phyllis fit un clin d'œil à Monty et Bruce et Todd s'écroulèrent de rire.

«Joyeux Noël à tous, dit Phyllis en levant son verre.

— Et une très bonne année pleine d'imprévus, ajouta Bruce.

— J'y compte bien», lui répondit Sig en souriant à sa famille.

Remerciements à :

Jim et Christopher Robinson, pour leur compréhension et les sacrifices qu'ils ont consentis au nom de ce livre.

Linda Gray, aussi bonne lectrice qu'amie et écrivain.

Barbara Turner, pour son affection, son humour, et l'idée originale de cette histoire (pas de procès, sœurette).

Paul Mahon, pour tous ces voyages au Montana, en Irlande, au Michigan, et pour tout le reste. Heureusement, je ne compte pas sur toi !

Jerry Young, qui ne m'a jamais fait attendre. Qu'est-ce que tu portes, Jerry ?

Aida Mora, qui ne m'a jamais laissée manquer de Coca Light.

Allen Kirstein, qui m'a encouragée quand j'en avais besoin.

John Yunis, qui m'a rendue plus coquette que je ne l'avais jamais été. Si on taillait une petite bavette, John ?

Flex (alias Angelo) pour les mèches et le gonflant.

Gail Parent, sans qui je ne peux pas vivre.

Chris Patusky, qui a essayé de me draguer lors d'une signature. J'espère que tes problèmes avec l'ordre des avocats sont résolus, Chris.

David Bobrow, qui m'a fournie en stylos et en huile d'abricot.

Amy Bobrow, pour ses précieuses informations sur les milieux financiers.

Paul Smith, qui a accepté mes horaires insensés et m'a offert la maison de mes rêves.

Harold Wise, le meilleur médecin de Manhattan. Vous aviez raison sur tout, Harold.

Diana Hellinger, la seule de mes amies qui chante au téléphone avec moi.

Lorraine Kreahling, pour avoir laissé de côté notre projet pendant que j'étais absorbée dans ce livre. Et parce qu'elle est mon amie.

Amy Fine Collins, pour le b a ba. A charge de revanche.

Mike Snyder, qui sait si bien écouter. Malgré ta lenteur, qui a failli rendre folle ma famille, je t'aime.

John Botteri (alias Moe) qui sait exactement à quelle température doit travailler une femme-écrivain.

Barry LaPoint, pour son talent, et pour savoir quelles portes changer dans le couloir.

Sherry Lansing, qui a partagé mon point de vue, m'a raconté des blagues et a fait un film de ce livre.

Laura Ziskin, pour sa compréhension, et pour avoir abandonné ce livre.

David Madden, même s'il a refusé de m'épouser.

Robert Cort, qui m'a donné la véritable clé du personnage de la mère.

Arlene Sokin, une scénariste extraordinaire.

Andrew Fisher, qui sait mieux que personne négocier avec les entrepreneurs en bâtiment.

Kelly Lange, parce qu'il n'est pas facile d'être une reine.

Anthea Disney, une vraie femme, un grand patron, et une sacrée copine.

Ruth Nathan, la source de mon inspiration.

Il faut marier maman

Lynn Goldberg, parce que je t'adore, Lynn. Quand m'accrocheras-tu sur ton mur ?

Dwight Currie, excellent lecteur, libraire, écrivain, et moins excellent comptable.

Michael Kohlmann, le plus gentil, mon ami pour toujours.

Steve Rubin et Ed Town, de la North Star Gallery, à Grafton, Vermont, qui m'ont nourrie et exposée.

Edgar Fabro, de Copy Quest, aux talents si multiples.

Jody Post, parce que tu me manques, et que tu m'as manqué.

Norman Currie, des Bettman Archives, qui m'a tant aidée à remplir l'album.

61250 Lonrai

Reproduit et achevé d'imprimer en août 1999
N° d'édition 99124 / N° d'impression 991527
Dépôt légal septembre 1999
Imprimé en France

ISBN 2-7382-1247-6
33-6247-2